太陽的家

林加春——著

目次

序曲：住在太陽的家

有座高大壯闊的山，山勢奇險，岩石堆疊出各式各樣洞窟密道，山頂常有飄渺雲霧，山裡面長著繁茂巨大樹木，樹木蓊鬱，遮覆清澈溪谷、瀑布、流泉，山腰間很多動物出沒，山腳下有個村子，村子住著一群「山裡的人」，他們稱這座山是「太陽的家」。

山中過午就起霧，不時還下雨打雷，他們習慣了，一邊收拾曝曬的衣物糧食，一邊嚷：「沒事的啦，等下就過啦。」遇到有人爭吵，大家多是揮揮手，要兩方去一邊：「吼一吼就好啦，沒事沒事。」

山裡大樹被雷劈到，他們找到現場忙著檢查清理，口中安慰樹：「痛喔，一定是。你很堅強的，太陽的家會照顧你，沒事的啦。」

這村子裡男女老少、高矮胖瘦，人人都笑哈哈，每一句話最後的字都是輕輕上揚的音調，最常說「沒事的啦」這句話，所以他們笑稱自己的村為「沒事的村」。

這些人住在「太陽的家」，和山很有默契，不會去山裡亂闖，砍柴取水打獵都只在固定範圍。山那麼厲害，每天早上要把太陽舉扛出來，傍晚又抱接下太陽，實在了不起。山裡的人尊敬山，自動幫忙顧守太陽的家，不讓陌生人隨便入山打擾。

山很神祕，藏著許多沒被知道的事情，哪怕只是一條溪、一塊大石、一個山洞或一棵樹、一座林子，山都可以說出長串的故事，當然，山也知道那些動物們的底細。

山，看過的場面沒辦法記錄，它想到什麼就說，說給誰聽呢？嗯，能聽懂山的語言的生命並不多，卻總還是有一些。

像老人阿拜，每天對著山喃喃自語，有時哈哈有時嗚嗚，哭與笑全因為他聽懂山說的故事。老人阿拜也會跟村人解說山講了什麼，山裡的人把山透露的故事牢牢記住，當作村子的神奇寶藏。

傳說中的「**塔力兀**」，村人暱稱為星星獸，是山送的寶貝。身軀透空，由光點組成骨架的獸，若光點少而稀疏，獸的體型就小，甚至只有半身或側面；要是光點多又密集，獸就大隻，頭胸腰背四肢都清楚，閃耀生輝。祂出沒無聲，都在樹林間行走。

神奇的「**塔力兀**」獸，只會在夜晚用身上發光的亮點，和山裡沒睡著的生命打招呼。可惜祂行蹤不定，就算徹夜守候也多半會失望，很少有人能碰巧遇見。但是村人都這麼說：星星獸啊，是趁著夜遊走遍山的每一寸土地，把山的祝福送給山裡的每一個生命。

看著山裡夜空中的燦熠繁星，沒事的村民免不了猜想：天上也有亮著光的動物，哪一隻是「塔力兀」呢？會不會是天上星星們，組了隊伍下來山裡遊玩呢？這麼一想，生活變得美麗奇妙，充滿祝福，村人都感謝山，覺得自己是有福氣的山裡人。

山裡居住的獸、鳥、蟲蛇，故事很多，最神祕的絕對是「**里古洛**」。一直以來，山鍾愛這神獸，傳說中，山活多久神獸就活多久。

「**里古洛**」是山裡人送給神獸的敬稱，總是出現在雲霧山嵐中，不曾有人看清牠的樣貌，轉瞬瞥眼的片段、零碎印象，始終拼湊不出大家都認可的形態，但是山裡的人一致同意：神獸守護山林，不只可以魔幻變化，會呼風喚雨，更有神聖靈力。

傳說，神獸能預知土石山林的變動，在山裡來去無蹤，連山豬熊豹鹿鷹們也敬畏。流傳下來的故事中提過，想要見到神獸，得要爬到高山頂守候雲海湧現，神獸里古洛會在雲海上竄跳，獻舞給山。

山裡的人崇拜神獸，聖石就是神獸的化身，每天早上他們會朝聖石方向注視祈禱。

「**重生石**」、「**大石頭**」，老祖先們原本這樣叫，後代也許說快了或是嫌拗口，直接說成聖石，是沒事的村民和其他村落族人共同的聖地。

完完整整一塊鬼斧神工的巨大石頭，穩穩據守一座山峰，岩石光滑潔淨，沒有樹藤草蔓苔蘚，不因風雨雷電淋吹轟霹出現皺褶裂紋，好像歲月不曾在聖石身上走過。各個村落前往聖石有不同路徑，卻都有小山擋住，必須**繞走鑽爬**；除了周遭是山嶺屏障，路途更因年年暴雨沖刷土石崩塌而改變，聖石因此隱密不顯也難找，只有成年的族人一年一次來祭拜，大家守護這個祕密，從不對外來客提起「**聖石**」兩字。

阿拜老人說：「天上的巨人用手剝開一座高山，挑了塊漂亮有型的大石，隨意捏捏掐掐，再用指甲刮一刮，整平以後拍拍這塊大石，順手放在太陽家的山頭，叫來太陽身邊的雲，灌水洗洗石頭。」聖石是這麼來的，大家聽得目瞪口呆。

一代又一代山裡人傳述神獸的點點滴滴，每個人牢記祖先交代的禁忌：聖石以上的山林不要進入，不要在那裡砍伐打獵，那是神獸的領地。

「樹和人本是同族一家」，山裡人有著根深柢固的觀念：「我們古老久遠的祖先，選擇用樹的模樣守護山頭，這群祖先決定留在聖石之上的山嶺，站化成一棵棵直挺昂然的神木，讓其他子孫族人下到山腳，過著人的日子。」

沒事的村民來到聖石腳下，仰望高入天頂的山峰絕嶺，歌唱祈禱後折回。在那禁地裡會有什麼奇異氛圍？活躍著哪些特殊鳥獸和如何巨大高壯的茂林呢？儘管充滿好奇與想像，比起星星獸的美妙可親，神獸和聖石像謎一樣高深莫測，既威嚴又讓人敬畏信賴，不敢冒犯。

至於「**谷衣谷路**」，是這山裡守護生命的精靈，隨時都在生活中影響村人。精靈照看山裡各種生命，樹木花草鳥獸蟲魚和人，也照看岩石泥土川流溪谷，沒錯，水和土也都是活的會動的生命。

住在「太陽的家」裡面，日子很快樂，飲水不缺，生活忙碌清苦，他們經常到山裡採集野菜野果，找動物吃剩的果實；能種植的土地不多，大家努力開墾，哪怕只是兩三個人站的一小塊地，都設法種下作物，連山溝邊也有人栽了芋頭小米藜麥什麼的，收成大約夠村民吃飽，沒能有多剩的可以去賣。

那麼大的一座山，長了許多直挺挺粗壯的大樹，動物也多，他們做陷阱捕獵山豬飛鼠羌鹿竹雞，山裡的野味好吃，配上特有野菜香料，烤煮炒炸一番，送進嘴巴的料理填飽肚子也填飽腦袋，香氣色澤滋味豐富無比，心情高昂滿足，住在太陽的家，太幸福了。

村裡人口越來越多，年輕人開始去外面城市找工作，常常吃了虧受了傷吞了苦遭了騙，一段日子後再回來，特別愛往山上跑，凝望山裡夜空的星月，曬曬熱情亮麗的陽光；只要聞聞山林的味道，吹吹太陽家的風，淋淋幾次山裡特有的雨瀑，聽聽阿拜老人說故事，看看村民快樂的笑臉，再說說幾次「沒事的啦」，什麼皮肉傷、心痛憂鬱煩惱，就全都會過去，重新哈哈說起故事，那些自己的、山裡的故事。

聖石的由來、離奇的神獸、塔力兀與谷衣谷路的魔幻，伴和在山的故事裡，提點著沒事村的人：生命總是美好、充滿尋找的活力，也有著發現的喜悅！

1 久遠年代前的歌聲

一塊大石立在山頂，天上走著的太陽仔細看這塊石頭。

「它有時像蹲伏的獸，有時像攀爬的人。」太陽瞧著。

進入雲層之前，陽光照見那石頭上一個點，閃爍有光，「嗯，它看見什麼了？」

是問這塊大石嗎？它**看**見什麼了？

不對，它是**聽**到了什麼，才迅速睜眼覷望。

風總是沒停過的吹，有時只是氣流小小移動，但不管聲音大小，這塊石頭都能感覺其中的成分。現在，空氣裡沒有可疑的動靜，不過，剛才有兩三次細微的嗶啵聲，是樹枝斷裂或葉柄掉地、碎石滾落嗎？

大石頭也不只是聽，它還察覺到奇怪震晃，輕微短暫，從山壁內層傳送過來。很確定，不是人或獸的行走碰觸，可能有什麼物品擦過山石表面。

有看見什麼嗎？

大石頭的眼睛早就閉上了。只那樣一瞬間的掃視，並未發現異樣，它穩住。等候，是重要的事，大石頭從眾多獵人和鳥獸的故事學到這一點。

來了。

不一樣的氣味在風裡很快跑過去，大石頭抓住這味道。「來了」，穩住情緒，它朝研判的方向打開眼睛。

周邊灰暗山石黑黑褐褐，間雜些赭黃碎塊，跟它自己的身體沒兩樣，這是平日看慣的顏色。左前方那片山乍看沒有異狀，大石頭很有經驗的往樹叢先洗洗眼，很快再來檢視山壁，立刻發現目標。

像一小片服貼的毛皮曝曬在石壁，風吹進毛皮帶出氣味，也稍稍梳理那上面的紋花，沒錯，是「**里古洛**」，隱密靈奇的獸，神出鬼沒巡守山林的神獸。

大石頭盯住這片毛皮，里古洛來，有什麼消息呢？

好像天空飄飛兩三簇雲，大石頭發現里古洛不在那石壁上了，毛皮跟著雲朵沒入天空嗎？還是毛皮化成雲朵飛進山石中？

「我連牠的眼睛都沒見到。」

里古洛的眼睛不容易被看出，臉上毛髮紋飾巧妙把牠的眼眶偽裝隱藏，只有在開眼怒瞪時，眼皮完全外翻才會呈現黑沉圓圈，並且從中射出懾魂吸魄的炫目神光，會把對方嚇得短暫失神，做不出任何反應，足夠讓里古洛從容離開或給予教訓。若只是捕捉獵物，里古洛不會顯露牠的眼，迅速敏捷的身手就夠了。

想像里古洛抓住一隻飛鼠送入嘴，「這不必睜眼，如果是水鹿或獼猴、山豬、黑熊，那可能會……」大石頭想著。它杵在這裡，遇過里古洛幾次，始終沒見到牠的眼睛，這傢伙，夠穩。

風重重的吹起歌，一個詞一個詞吹向大石頭。呼嘯聲拍打出節奏，大石聽出深沉哀嘆：

那追風的影，失蹤了；
那帶路的王，離開了；
發現了甜美的水、肥沃的土；
擁有陽光和雨露，可以祭禱和祈福；

王啊，為什麼留下思念？
為什麼不再出現？
追風的影，為什麼風也追不到了？
為什麼只剩下風在獨唱？

大石頭閉眼聽。這是許多許多年前，一群人在它身旁唱出的歌，那群人的歌聲，低沉渾厚融入風的呼嘯裡，就像現在。

幾乎是每年，也許有幾年跳過漏掉了，當暴風雨停歇後，山裡的人整理好山林家園，收拾好疲累哀痛的情緒，趕在日出之前來到這裡，圍著它靜靜佇立等候第一道陽光射出。在大石被陽光迎面照亮一個點時，嗚吟呵啊的歌聲跟著哼唱起來。

認定大石有著人和獸想要找的靈魂，山裡的人來找它，山裡的獸也來看它。

山裡的人真誠唱出心中的感謝和祈願，唱出由衷的敬意和懺悔。每年一次的儀式，是山裡人向尊崇的靈魂作出不忘本的必要宣示。

只要和太陽有足夠的默契，不管在山裡哪個地方，人和獸都能看見大石。這塊大石在那麼高的山頂，指向天空，但是唯有來到大石跟前，才看得清楚大石那其實向下俯瞰，側臉拱肩作勢騰起的姿態，很怒很威，像一隻貓虎豹合體的獸。

山裡的人認定大石就是他們要膜拜的神靈。

「我們跟著祂走到這裡。」「祂帶我們找到溪流瀑布。」「祂為我們趕走熊和山豬。」「祂讓我們得到土地。」人這麼說。

山裡的走獸鳥禽認定大石就是神獸的化身，指著大石傳述彼此的見聞：「祂的爪硬得像刀。」「祂的腳跑得像風那麼快。」「祂的耳朵聽得見眼皮睜開的聲音。」「祂掛在樹上撲抓獵物，沒有誰逃得掉。」「祂會飛。」「祂會在山壁間隱形。」「祂只要進到樹叢就消失不見。」鳥獸和蟲這樣說。

「有隻獸的靈魂在我身上，是的，我就是……」大石頭想著。

「朋友」——那隻獸的名字——會來大石頭下睡覺

休息，等候身上的傷口癒合、體力恢復。

記得是一個冷到樹木顫抖、風打噴嚏，還沒下雪但天空灰黑的日子，朋友停在大石頭腳下，看它。起先，大石頭以為是一塊滾落的山石，沒認出那是一隻獸。

「我要上去。」獸繞著大石頭走時，它從那姿態看出獸的心意。

大石頭請風加把勁，「我不希望有誰上來。」

風用力吹，獸的頭頂一撮翹捲毛髮被吹散，一根根立起。

冷風狂掃，獸的利爪扣住石壁，尖銳的刮出痕、刺出小點，大石頭是很硬實的花崗岩，光滑沒有稜角，「我在這裡很久很久了，沒有誰上來過。」獸的年紀遠比不上大石頭的生命歷史，「為什麼要挑戰？」

獸腿在發抖，腳爪頑強勁曲，近乎直立的身體一點一點升高，當前爪巴住石壁，後腿準備騰高，牠的尾巴就硬抵在壁上支撐住身體。

「你下去。」大石頭討厭獸的侵犯，利爪傷不了石頭，但是摩擦、敲抵還有擁抱，這些碰觸讓大石頭害怕，它不習慣而且迷惑，獸到底想做什麼？

「下去，我這裡沒有獵物，你什麼也得不到。」大石頭冷硬的盯著獸頭上捲毛。

確實，這整塊花崗岩沒有植物，連苔蘚也沒有，光溜陡峻容不下動物停留，連飛鳥都很少經過。

「我身上一無所有，你來做什麼？」

風使勁賣力要吹下這獸，彷彿天地都進入暗夜隆冬，無光凜冽的寒氣襲裹獸和大石。獸抗拒這些，一分一分一寸寸升高自己，好幾次，它的尾巴沒撐住，無法順利向上；更多次是獸爪扣不住石壁下滑了，險險靠著尾巴頂住身軀。

獸的發抖、喘息，大石頭完全清楚，在這麼高的險壁上，只要稍微出錯，它就會摔落、摔掉命，不是死在人或獵物手掌爪牙，是敗在牠對自己的挑戰，輸了就是死，沒有第二次機會了……

大石頭不再回想久遠之前那些瑣事，它專注傾聽此刻風裡的訊息：「去找到受傷的樹，去找到邪惡的人；

里古洛，土地上有足跡，樹葉發抖了，貪婪斧鋸伸出來了；快，快，里古洛，叫你的爪安靜，叫你的耳鼻豎起，快，快……」

2

樹木的呼救

感覺頭頂被風吹翻，里古洛停住身，靜下來，搜找空氣中的聲響和味道。

在山壁間縱跳，繞過聖石腳邊時，牠稍稍分心，總是有影像出現腦海，是一隻威猛的獸，「比我還霸氣，不可侵犯……」

跑進黑黝林陣後，里古洛甩開困擾。飄入鼻子裡的淡淡氣味很怪異，牠聞過許多東西，人的東西都有特別的味道，但現在這種有點臭有點火嗆有點甜香的氣味，是什麼東西？

耳朵收攝到細弱聲響，很快就沒了，里古洛來不及分辨那是什麼，只聽出方向，有點兒遠。牠猱動腰身，輕輕躍上樹冠頂，像滑水般一溜而過。

要知道，連鳥蟲在枝葉間飛竄跳躍都會掀動樹葉，擦出聲、晃出光影、透露出動靜，里古洛身體比鳥蟲大多也重多了，想不洩露行蹤，茂密的林木枝葉固然是最好的遮蔽，但細微的聲響、瞬間的暗影若想都沒有，那就要樹木們全力支撐配合。

里古洛動作要很**快**，力道要很**輕**，眼光要很**準**，找到最有利的便道迅捷通過；如果枝葉能自己讓出空間，里古洛就可以更輕鬆些，幸好樹木們多半跟牠心意相通，提供協助沒問題。

有短促輕微的「喀擦」響聲，里古洛迅速沒入葉叢，矯健晃過枝椏。現在還不需要蹲踞，即使剛才年輕的嫩葉細條反應慢了，承接不下牠的踩踏，哀叫出聲，這可能透露牠的位置，「我得更小心些。」里古洛提醒自己，一邊挑選路徑。

路徑，從沒有現成開展的，如何繞轉穿越要去試去記，才會變成自己的安全密道。

「最好的路徑都在樹上頭，有樹就有路。」這是山的教導。

里古洛稍稍收緊肉墊。

總是有阻障有遮蔽出現，山林因此既危險又安全，里古洛順樹幹爬跑，躍跳橫跨，有時也飛起。

是的，這隻獸會「飛」，憑藉身上皮毛，在四肢側張時像一張傘或篷，被風推舉挪移，下降滑飄有如飛鼠。里古洛從鷹身上看出霸氣，努力學飛，沒意外的摔過無數次，終究會了，但牠不滿意，希望能再飛遠飛久些。

繼續走，牠依著風依著樹葉的訊息，尋找剛才那氣味所在。

喜歡站上高處看天空、看山谷，里古洛知道山該有的樣子，知道山的稜線起伏，知道山上頭的天空美麗神祕，現在，牠盯著前方一座山頭微微抬腳踏了兩下。

山頭怎麼是黃白色、禿禿枯枯的？原本綠茸茸，會跟著山風搖晃嘻嘩的樹木，讓山像穿了厚絨絨深綠墨綠外衣的森林，什麼原因竟然倒了一大片？這樣的山不好看！里古洛打算過去弄清楚。

陣陣急促頻繁的尖刺叫喊，觸動里古洛耳膜，這是樹木們痛苦嚷叫，不斷雜亂的穿透空氣刺激牠的耳朵。里古洛倏地轉身，是在神木林附近，樹木遇到可怕的事了。

老樟樹伸長粗壯的枝條，穩穩地送里古洛走過自己身上，去攀抓隔鄰那棵紅楠。

輕輕拉開前後腳，幾乎沒有重量的跳跨，好像平常邁步跑那樣，里古洛從老樟樹騰空飛起，來到前頭紅楠的高枝上。

聲音又傳出來，那是里古洛討厭的工具聲，人，總是用工具來對付山林。里古洛加快速度朝聲音接近。

「快，從我這邊。」樹木們招呼牠。

細碎顫抖從枝幹傳入牠的腳掌，訊息很多：「已經砍很久了。」「挖破洞。」「老大柏逃得過嗎？」「下場大雨吧，雷電會讓這些事停止嗎？」「別傻了，雷電也會傷到我們。」

很多樹橫倒在地，七零八落，還有截段切塊的木頭，有些連葉子都還沒清除。這裡原本密雜幽暗，現在露出空缺和光亮，蕨草山蘇爬藤姑婆芋被踩踏砍斫得破碎凌亂。草葉和樹木的味道瀰漫，濃烈混雜，刺激里古洛的鼻子，彷彿草汁葉液噴到牠臉上，里古洛感知樹因為肌膚迸裂在哀號。

拿著工具的人正在摧殘大樹，工具轟轟更更叫。

里古洛頭頂捲毛根根翹立，牠齜開大嘴：「可惡的人……」

每一棵震顫憤怒的樹催著推著里古洛：「快點。」「快拿出辦法。」「阻止那些討厭的事情。」

「來吧。」里古洛回應它們。

牠按按樹枝，腳下青剛櫟很快搖晃震動枝幹，樹葉碰撞抖落，陣陣「唰唰」聲從高處頂枝傳出，越來越大。

櫟樹努力遞送訊息，周圍的樹跟著搖擺枝條軀幹，各自用不同的節奏發出巨大雜亂的聲響，空中充斥著沒有共鳴的噪音，是樹林的怒吼，轟繞住底下幾個砍樹挖樹的人。

「喂，喂。」「怎樣了？」「出什麼事？」人停下工具聽、看，飛落的樹葉劃破他們臉和手腳。

「來吧。」伏臥樹冠的里古洛昂頭向空呼氣。

狂風吹起，烏雲聚攏，神的獸里古洛怒氣膨脹，要阻止這群可惡的人。

3 這種遭遇太可怕了

「來吧。」里古洛朝空大吼，召喚雲霧風雨。

風帶著雲霧很快罩落，烏雲灰霧從樹冠逐層下降，把山野遮住把樹遮住，一層層冷冽暗濛包覆住那群砍樹的人，豆大雨點挾著風的威力，刀片石塊般砸射向人。

「什麼鬼天氣？」「臨時做颱風嗎？」人叫嚷著，忙不迭地找東西護著頭臉。

「來吧。」里古洛穿梭樹林間，飛快繞著樹木奔竄，一邊抖動身上皮毛。

樹木搖晃出更大的聲響，催促躲在雲霧中的動物一齊鼓譟，那聲音，淒厲拔尖，「**唧唧唧**」「**吱吱吱**」「ㄍㄚㄍㄚ，ㄍㄚㄍㄚ」「ㄨㄚㄨㄚ」，像天要塌地要裂了，緊急慌張逃難似的奔踏爭擠。

災禍臨頭的恐怖捲裹那群砍樹的人。

這是什麼預兆？人狐疑地轉頭四望。

「喂，喂，你們在哪裡？」驚慌的孤單的人摸碰旁邊。濃霧矇住景物，好像摸到什麼，「喂，你是誰？」

人感覺手指觸碰柔軟皮毛，是頭髮嗎？

「喂，你說話呀，啞巴喔……」濃霧裡只有自己，從腳心冷到頭頂，落單驚惶的人扯開喉嚨找同伴。

「喊什麼啦，傢俬小心點，別扎刺到人。」有個冷靜的嗓子出聲音。

怒氣衝天的里古洛身形蓬大成龐然巨獸，穿出濃霧。冷靜聲嗓的主人來不及叫吼，頭頂已被重力按壓掠過。「唉唷」，脖子扭斷了嗎？這人捧著頭頸倒地。

像一整座山壁倒塌似的，每一個人跌坐地上，喘著氣摀著胸口。

「魔神仔！」

「緊拜，拜拜……」

「拜猴啦，咱做這勾當，是要拜哪一尊？」

「走啦，跑啦……」

嚇軟無力的人像獸，手腳趴伏爬行，在迷霧中哀嚎顫慄，找脫身的路。

風像粗索拉綁手腳，雨像繩鞭抽打軀體，看不見周園景物，不辨東西南北方向，人手腳觸摸，磕磕絆絆，不斷撞上倒地的樹木。

每一棵樹木都粗大，費力摸索、抬腳挺腰，有時抓到什麼，以為是蛇，卻是樹藤；有時腳被抓住，以為魔神仔來了，卻是勾到樹枝；樹啊，樹啊，「放我出去啦。」「讓我走啦。」「我以後不敢來挖樹……」

又一次穿出濃霧，里古洛怒張的毛皮膨脹出更大身形，重重踩上這些人的背，爪子狠狠抓刺如同烙印，要人一輩子都除不掉這噩夢。

樹木發狂、**魅霧突降**、**山林嚎哭**、**魔神幻影**，**巨響暗黑**加上膽戰心驚，一定要教這些人怎麼樣也忘不掉當時的惶惑，再不敢來到深山偷砍盜伐樹木。

為什麼人會討厭樹？

守在雲霧繚繞的山林，里古洛靜靜等待樹木回復平靜。

「在我老死之前，你會長合嗎。」里古洛抱住老大柏。

這棵老扁柏有塊瘤被砍了，樹頭也被鑿割出凹痕，如果里古洛再慢點來，老大柏的樹頭就會出現大破洞。

這種遭遇太可怕了！

「請你一定要堅強活著，好好站在這裡。」里古洛繞著老大柏走一圈。

樹林漸漸安靜了，陽光穿透雲霧，一條條一點點閃著金亮，里古洛躍上樹欉密葉裡，向下俯視。

那些砍樹的人早已爬逃不見，他們跌跌摔摔嚇壞了，丟下一地的工具沒拿走，里古洛確定「可怕的遭遇」已印記在他們腦子裡。

「可怕的遭遇」並不這樣就結束了。

那幾個人，一個滾落山谷，幸運被樹攔了幾次，全身筋骨快拆散了卻沒死掉，被打獵的山裡人發現時，人是昏的，抬到救護車上都還沒知覺。

另外兩個人，哀爸叫母的亂吼叫，擾惱一群猴子，也可能是動物們互相報信息，知道這兩人很可惡，猴群出手捉弄抓打，卻意外趕他們找到山路。襤褸狼狽的樣子引起登山客注意，兩個人支吾其詞，只說滑了跤，被猴子攻擊，「可怕，很可怕啦，驚死人。」

還有一個工頭，本來冷靜鎮定，慌張時也沒忘了判斷方向，卻因為濃霧中出現一雙青靈靈黑金金的巨大眼睛，凌厲凶狠的眼光像要吃人一樣，掃瞪了一瞬，他嚇得心頭狂跳，頓時茫了，呆滯恍惚，自己都不清楚如何走出山林？工作同夥呢？也不知道。魂不守舍的開車，全身發抖根本控制不好車子，翻車在山路，人卡在車內出不來。

即便他們都被救，撿回來半條命，卻有後遺症。

這幾個人驚魂未定語無倫次，說不出自己看到碰見什麼，咿咿啊啊講出來的話沒人聽得懂，是啞了嗎？又還能吼、喊，單音單字可以說。

身上的瘀青、破皮好了，能吃能睡能做事，卻都嚷背痛，刺骨灼熱，家人檢查背部，皮膚好好的，沒有傷口或紅腫異樣，可是稍微一碰就唉叫呻吟，連沖水淋浴擦澡都困難。

怕是中了邪，招惹祟魅穢神，也去宮廟收驚，請法師起壇作法事，都只暫時平安，隔不幾日又鬧異樣；斧鋸拿在手上，舉起要揮動就背痛發作。

日子難過活得淒慘，這種遭遇實在可怕。他們前前後後仔細想了再想，先後跟家人說不做了，連樹都不敢再碰。盜伐偷砍樹本來就違法，還碰到這種倒楣怪異的事，不敢公開又不敢報警，有苦沒處說，再碰到一次肯定會完蛋。

4 人是難懂的東西

尋找和自己一樣的獸——「我的族群」——是里古洛的目標。

在樹上行走奔跑，里古洛比其他山中的獸更敏捷更矯健，但讓牠展現神祕色彩的能力，是山神給予的。

當風來掀抓里古洛頭上毛皮，短短一撮翹捲立起時，山的神力也同時注入里古洛全身，牠因此聽懂風裡的聲音。山有時教導里古洛技能，有時交付任務，也有時說動物們的故事，要里古洛學習觀察。

那短翹捲立的毛皮是神力的象徵，里古洛不知道這祕密，只感到毛髮被揪扯，但牠喜歡接收到風裡的訊息，希望知道更多山林的事情。

山林中的水流，有時從高處衝下成為瀑布，有時下切山谷成為溪澗，那些清涼水氣，那些淙淙嘩嘩水聲，讓山林更添美麗景色。里古洛踩踏過這些水，卻從不喝溪泉的水，山壁高處滲出的水夠牠解渴也讓牠信任，地面上有太多危險藏伏著。

看到人砍倒樹木放入溪流，從山的深處高處流下去，里古洛沒法阻擋；看到人鑿挖山壁土石，趕走一群又一群鳥獸，里古洛沒法理解。

山會崩塌，水流會變化，林木也會傾倒破損，但是人帶著工具造成的改變既可怕又悲傷，把整個山頭綠林變成光禿平坦的地面，把很多山谷河道改得面目全非，再搭蓋起人要的東西。那種改變讓牠生氣，不知道人為什麼要把山林弄得亂七八糟？

更有時是人扔棄的東西。里古洛從樹上往下看，從山崖高處向下巡視，越來越多不屬於山林大自然的奇怪物品，標示著人走過的痕跡，也讓山林變得髒亂。或許草葉會遮蓋它們卻無法讓它們消失，山林原本不需要收藏這些的。

人，到底懂不懂什麼是自然？什麼是生命的美？

移動中，牠想著樹的好：有樹就有生命，各種大小動物植物在樹的上上下下、四周圍，活得熱鬧起勁，樹蘊藏供應大家所需的食物。一棵健康強壯的樹，一座茂密繁榮的樹林，總會聚合風、雨、陽光，充滿生機和希望。

依賴樹木生活的這麼多動物、蟲菌，大小生命都知道，是樹的呼吸、樹的生與死，讓天空和土地得到養分……

只有「**人**」，傻得不知道愛惜樹，越蒼老越少有的樹，越是被人「**討厭**」，專門來深山林內找到它們去砍去挖。

要找到傷害樹的人並不困難，可是被砍被挖的樹，有些就病了、倒了，受傷衰弱的身體也許可以活下來，卻很難快速復原。

「人」，真是種難懂的東西。

人用工具破壞林木，也用工具獵捕動物，山裡的獸鳥常碰到奇怪的東西。

里古洛遇過黑熊舉著腳掌往石頭敲。熊的那隻後掌被人的工具夾住，熊想敲掉那東西，卻把自己的腳也砸爛了，痛到躺在石頭上昏睡。

「牠還能爬樹嗎？」里古洛盯著那血肉模糊的傷口

想。熊還活著，衰弱的身體要找食物要活命都很困難。

還有一隻鴞，被人的繩子纏住翅膀，雖然努力掙脫繩子，受了傷的翅膀能打開卻合不攏。鴞因此飛不好，發出聲響還拿不準方向，力道速度都減弱了。

會咬住獸腳捆住鳥翅的工具，如果是咬到、纏到頭呢？里古洛不自覺伸出利爪昂起頭頸。

有一次，里古洛往樹下俯瞰，一隻鹿跳過一棵青剛櫟，擦動出窸窣聲，鹿被嚇到停頓一下，里古洛清楚聽見窸窣聲裡有喀嚓雜音，牠因此發現枝椏上卡著一個沒見過的東西，屬於人的工具，這很討厭。

在山裡活動的人，應該和山林與鳥獸互相依存，可是人想佔有山林土地，完全不按照山的意思，不按照鳥獸蟲魚的習性；有自然發展的樹木，有安心生長的鳥獸，能讓生命自由活動的山才會美麗，人為什麼不懂呢？

一直都有危險，人、工具都很可怕，絕對別碰，最好離遠遠的。里古洛盡量避免下到樹冠之下。

有一種人讓里古洛特意關注：會顯出樹的靈魂；在

山林中行走，樹不會害怕他們，甚至還會回應這種人的說話、撫摸；對樹友善，和樹同一族的人。

「**樹族的人**」，里古洛這樣指稱他們。

觀察後，里古洛發現，樹族的人會和傷害樹木山林的人爭執，並且驅趕他們，不過牠總是很小心，巧妙變換各種形貌，避免被樹族的人看清楚。

再怎麼樣，都要和人保持距離才好。

會把倒伏的樹木扶正固定，能跟樹心意相通的人，只是少數，而且一樣會用工具來殺害鳥獸蟲魚、掏挖土石。

要避開人和工具的威脅，不想和人共同生活，只能遷移到更高更冷的山區。那裡也許沒有樹，只有地上的草，不管怎麼選擇，「**改變**」是沒法閃躲的命運。

黑熊會吃櫻花，吃肉的獸應該也可以吃草，想到這裡，里古洛試著咬嚼一口岩石上的草，說不出的奇怪味道，有汁液，卻沒有牠想要的鮮嫩肉味和滋潤筋骨的能量。

「以後，我也要吃這種東西嗎？」吐出口中那些草，里古洛問自己。

5 愛山也愛樹

「山林裡有精靈谷衣谷路守護著」，山裡住民都相信這說法，從沒改變過，但精靈的模樣卻都沒有人能說個真切。

從祖先輩一代一代傳下來的叮囑，都說要尊敬山林，捕獵動物是為了安全或填飽肚子，平時不能隨便射殺取樂；雜木藤蔓可以砍挖，但老樹都住著神靈，任意鋸伐會有災禍。

山裡住民信守祖先的交代：做什麼事都要誠懇地向各方神靈說明、溝通，取得諒解和准許。

如果不這樣呢？那麼谷衣谷路會離開，厄運會降臨，也許一個人也許一個家族也許整個部落會受責難；受到的教訓懲罰，輕重難說，有時一季、一年，有時連續多年，甚至一代二代……

壯碩的杜布聽著族人、長老描繪傳述，祖先遭遇過的事情清楚在他腦子裡。杜布在山林到處走，他種過小米，種過芋頭香蕉種過檳榔甘蔗，喔，他關心最多的是樹。

樹木保護山石水土，在山裡生活，樹木是重要依靠，沒有樹就像沒有家人，日子多孤單無趣呀。

山裡的樹都很會長，天性熱情的杜布看到茂密大樹，雙手用力拍掌：「哈哈，我要向你學習，這麼強壯這麼神勇，厲害了，你。」有時他摸撫樹幹，崇拜的說：「這樹啊，實在很尊嚴，跟這樹啊好好學一點威武，我很想呢。」

遇見歪倒、枯乾、斷裂的樹，是被風帶來的石塊打到了嗎？還是被山裡的蟲獸啃咬啦？他停腳，蹲下身查看，鼓勵樹：「是什麼原因呢？衰弱不好，沒事的啦，再努力看看吧。」

山裡的樹和人一樣，要靠自己努力爭取活下去的資源，樹們彎折、扭曲、趴倒、鑽入山石，去找到陽光去避開強風，去喝到水，去得到一點泥土，慢慢長粗長高，長出自己的樣子。人也是。

被偷砍的樹最讓杜布難過，他會先喊一聲「沒事的啦」，跟著又忍不住掉淚，紅了眼眶：「你受傷了，碰到很糟糕的事，叫那作壞的人也受教訓吧，我疼惜你。」

還有讓杜布氣得跳腳揮拳的狀況：地上留坑洞、木屑，樹頭被挖走。他記得都是老康健、受尊敬的七里香、松柏楠木之類。「要命的，這樣能活嗎？太可惡了，沒事沒事沒事，我的神靈一定要懲罰這種事。」

這樣粗暴挖掘樹頭而不是搬遷移種，跟山裡人愛護樹不同，都是生意人想要賺錢的勾當。

山那麼大，有太多路徑可以進山，他試著找出潛入深山砍樹挖樹的人，卻沒有什麼發現。

偶爾他也作挑夫、嚮導。登山客多是山外的人，帶登山客踏走山林時，沉重的行李裝備壓在頭頸肩背，他除了留意腳程、指認方位路徑、關照登山客的體能安全、張羅吃食營宿，努力做稱職可靠的嚮導，也不忘投注目光向山徑旁的林木、絕壁陡坡的山石或是深澗溪谷的水流，默默向神靈祈告，請谷衣谷路保護行程平安順利。

聽到鷹唳、看到盤旋飛繞的熊鷹，杜布會傾聽，視線追著那顯眼的花紋翅膀。山的信使帶來什麼消息呢？高飛遠颺的鷹，是要告訴杜布氣流的變化嗎？

離開「太陽的家」爬走在各處大山，雲霧瀰漫煙嵐隨伴的時候，杜布祈禱能看見雲海，能見到雲海中跳舞的身影；他想著神獸，想著家。

雄壯山峰尖峭稜線，多次走過，無數次眺望凝視，杜布把它們當作自己的家、故鄉。隔著雲嵐霧氣，隔著空茫峽澗，與一座座蒼翠山頭遙遙對看，遠方高聳山頭、腳下莫測深谷，雄偉壯闊撼動心靈。

山，很深很高很大，讓人，讓杜布不敢孟浪不敢輕誇。

「我就是從那裡走出來的。我的家，會等候我、接納我、保護我……」杜布的口氣有時激動有時歡悅，也許喃喃自語也許靜靜想念。

腦子裡的老傳說老故事，經常配合山中景況跳出來，逗樂杜布。

孩童年紀，他和玩伴最愛聽豬腸子的事。豬的腸子很長，扭扭曲曲，是因為從前從前，豬愛吃蚯蚓，吃了很多很多，那些蚯蚓就變成了腸子。這傳說讓杜布又想到另一段豬的故事：古時候，人和鳥獸都住在一起，相處和樂，人想吃肉，山豬或其他鳥獸會放下身上的幾隻毛在人的鍋子裡，就可以煮成滿滿一鍋的美味肉湯。可是後來的人太貪心，竟然想把一整頭山豬的毛全拔下來煮，這讓山豬氣壞了，從此不再幫人做事，不和人接近，凡是人種作的園子都故意破壞。別的鳥獸也跟山豬一樣，逃離人的居所藏到深山裡，這樣一來，人如果想吃肉，就只能到深山去打獵了。

杜布嘆口氣，又笑起來，貪心換來教訓，他搖搖頭：「唉，麻煩喔，人，這麼貪心。」不過山豬真的聰明而且強悍，想捕獵山豬得要有本事，莫怪獵人喜歡把山豬牙戴掛在身上，當作自己英勇的標記。

「我也抓過山豬……」杜布抓抓頭笑起來。

6 奇妙的感應

一個午後，杜布爬到小米田正上方的山崖，打算在那裡設置陷阱。

捕獵動物除了弓箭、刀槍，也會用到套繩網袋，作成石壓式套頸式和捕鳥的繩索陷阱，但他不喜歡捕獸鋏，那種會傷害獵物肢體的東西，被杜布認為是最差勁的發明，很不尊敬生命還會誤傷了人。

「我們沒事的村不要用這個。」他說。

「打獵就是要殺死來吃的。」族人開導他，箭射刀砍槍打，都一樣傷害獵物。

「不是牠就是你。」爸爸伸手按點杜布的胳膊軀幹：「尤其是碰到山豬，你得把命拿出來拚，不好玩的。」能抓到獵物最重要，管牠活的死的，「還怕牠受傷嗎？」

可是，真正的英雄，「要跟對手正面硬幹，得勝才算。」杜布心裡這麼嘟囔。

山崖滿是樹，林子陰涼微光，他先挖好幾個深淺不同的洞窟，估計獵物逃竄掙扎的動向，做了套索，小心固定在草莖樹枝和山蘇葉下藏著。

還在忙，忽然有奇異的感覺，不是聞出味道或聽見聲響，但是他的皮膚發涼，頭頂有點麻，什麼人或動物正在附近看著他！

杜布輕輕慢慢直起身，手抓住工作刀，仔細環視周圍每一棵樹後，每一片葉子下，每一塊暗影中；耳朵幫著眼睛聽，鼻子幫著耳朵聞。他小心轉身，留意四面八方，空氣裡的奇怪感應正在消退，那看不見的「**東西**」悄悄離開了。杜布手臂有了溫度，頭皮毛髮放鬆，持續觀望一陣，確定沒狀況，他仍舊謹慎提防，等走出那片密林來到熟悉的山路，杜布稍稍呼口氣。

剛要收起工作刀，路那頭晃過人影，形跡可疑，杜布追過去，距離拉近時發現是外來的陌生人，兩個，兜著林子躲閃分頭跑。

杜布堵到一個，鼻子聞到微微香氣，是木頭香！

「你們在做什麼？」杜布打量那個人，高壯結實，沒帶什麼背包，不像來爬山的遊客，「沒事的啦，你們來做什麼？」杜布又問，手上工作刀順勢揮動。

看杜布舞動刀子，那個人，喔，那兩個人竟然靠攏一起，其中矮個子抓了傢伙，是背架，另一手抓著麻布袋。

「來偷砍樹？」厲聲再問，杜布機警的上前伸手要抓麻布袋。

兩個人都是壯漢，用背架擋下杜布的工作刀，撞開杜布的手，也不跑，似乎要跟杜布拼了。這更奇怪，布袋裡一定有問題。

杜布和他們扭打起來，工作刀掉地上被高個子搶去，一抬手就往杜布揮砍，哇，比山豬還猛。杜布怪叫一聲，忙往旁邊矮身放倒滾翻，險險躲過，這才意識到有生命危險。

對方似乎也不擅長打鬥，沒個想法的僵在原地，瞪住杜布。對峙中，杜布冷靜等候機會，妄動沒什麼幫助，他腦子裡忙得很。

突然，奇妙的感應又出現了，空氣中有什麼波動拉直杜布的毛髮，頭頂腳底發涼。這可不妙，他們的同夥來了嗎？再看眼前兩個人，眼神呆茫，失魂一般，並不是高興的樣子，怪事了。

也就這時，杜布起一身雞皮疙瘩，怪異的感覺讓他左右轉頭查看，等再回過頭，瞥見一條怪影閃出來，推撞那兩人，不知用什麼東西甩或打，兩個人挨砸後丟下刀子衝出樹林逃跑，滾臥地上的杜布沒抓到人，連那怪影是什麼都沒看清楚，只瞄到灰灰黑黑一團「**東西**」。

整件事莫名其妙，杜布爬起身撿回工作刀，完全弄糊塗了，唯一肯定的是，那兩個人來山裡沒幹什麼好事，但再要去追也追不上了。

那麼，先前山崖林子裡的奇怪感應，是在警告杜布注意這兩個人嗎？杜布重新走回山路，一邊想。真是意外，怪影似乎替杜布解圍，又像逼趕那兩人離開；那個「**東西**」到底是什麼？它應該是跟著他們，自己正好碰上了……

在山裡，總有許多特殊的遭遇，像剛才那種奇特異感，杜布不只一次碰到，但之前都是遇到獵物，而且見到或甚至還抓住了，像水鹿、山羊。啊，有一回還跟野豬搏鬥，轟轟烈烈扛了一頭豬回家，滿身傷滿身血汗和泥塵草葉，髒得沒有人樣，累到沒力了。杜布想到這裡笑起來：「沒事的啦，我差點變成豬，地上爬，哈。」

笑容裡，他再回想剛才設陷阱的場面，盯著他看的「**東西**」雖然不像是那些動物，「但它一定在看我。」

「我的直覺很靈，很準的。」山裡住民尤其是獵人，對於夢境、直覺啊都很看重，當作是祖先、神靈給的指示或預兆。

會不會是祖先不允許杜布在山崖那邊設陷阱？

杜布記得，自己去年也在山崖這座林子裝陷阱，抓到兩隻飛鼠，「那是牠們打瞌睡撞上了。」飛鼠喔，夜晚摸黑用獵槍打才刺激，陷阱比較喜歡羊啊鹿啊羌啊。

這麼一路想著，杜布已經回到小米田，「是祖先不允許嗎」的疑問被他遺忘了。

7 這個夢是什麼預兆

粗略看過小米田，杜布趕回村子，說了先前遇到的怪事，七八個村人跟著杜布到山崖密林查看，到底是哪裡有樹被砍被挖了，得要找出來。

打鬥的痕跡還清楚，附近搜找一陣，沒發現有受傷的樹，卻在山溝邊一棵樹上撿到麻布袋，被扯破了。

布袋裡卡著一根羽毛，短短小小的，有一道淺淺花紋。村長拿起來看，臉色一變：「是熊鷹。」這是山裡最壯勇的猛禽，山裡的人認為那是山神的信使，一直受到尊敬，禁止捕獵的聖鳥。

仔細再找找，沒有其他掉落的羽毛或血跡，「沒事」「沒事」，「谷衣谷路祝福聖鳥。」大家互相安慰，真的希望鷹咬破布袋飛走了。杜布原本以為布袋裡裝木塊樹材，想不到是尊貴象徵的熊鷹，太可惡了。

「這不行的。神靈要懲罰他們。」他氣得捏拳大罵。

一群人神色凝重回村子，想到有人侵入山神領域又搞破壞，完全不管山裡人的信念和禁忌，不被尊重的山裡人懊惱極了。

當天晚上，杜布得到一個夢，直到隔天清早人醒了，夢還清楚在他腦子裡：一座山谷，七拐八彎越走越窄，兩邊山壁像雲彩流動，很軟又很硬。有水，流出一條溪，地上石塊大大小小擋住水流，溪水流勢強勁卻沒有水花噴濺。山很高，長滿樹，杜布攀岩爬上山頂，竟然山頂只有一棵樹，是紅檜，很香！怎麼有霧濛濛的一團什麼東西，把那棵紅檜包住大半。睜大眼極盡目力去看那團東西，好像是……在動嗎？接著聽到口哨一聲又一聲，杜布就被夜鷹叫離夢中的樹，眼一睜，人醒了，天也亮了，太陽在門口撒出一片光。

這個夢是什麼預兆？什麼地方有這樣一棵樹？祖先要我去找它嗎？夜鷹從沒有出現在夢裡，牠代表什麼？

杜布想起聽來的「靈鳥」故事：切力克鳥的尖叫聲震得山上巨石轟然滾落，原本倒立用頭走路的人，被嚇得雙腳立地，那以後，人就改用腳走路。

至於大樹嘛，都有樹靈守護，深山裡的大樹更是傳說中的老祖先，走過巨木下頭最好閉上嘴巴，安靜一點，免得惹來災禍厄運。

儘管不明白夢境的意義，杜布還是出門工作，幸好今天要做農事，如果是打獵那就要改天了。

杜布用鋤頭整一塊畸零地，他要把種地瓜的範圍擴大些。

鋤地的手停下來，杜布直起腰往遠方樹林看，那邊村的朋友巡山員巴勇，最近聽說跌傷了腳，是在追山老鼠時跟著跳進溪谷滑倒。杜布於是收拾好工作，去巴勇家探望，關心他的腳也順便請教一些事。

巴勇很健談，受傷的事並不重複講，只說山老鼠傷得重，「沒救了。」

口氣一轉：「砍倒的樹有三四個人手拉起來那麼粗，也救不回來，我看到現場眼淚就掉下來，心疼啊，那些樹……」巴勇說得氣呼呼。

他的腳裹成石膏象腿，撐著拐杖暫時不能爬山了，卻也沒發懶癱廢，兩人就地坐在門口聊天曬太陽，巴勇手裡的鑿刀沒停過，正雕刻木頭。那塊木頭上刻了花紋和人頭，五官和服飾細節只有草圖線條，是在刻一組連杯。

杜布說了自己夢到的情境，問巴勇：「你在深山裡繞，有見過這樣的事嗎？」

「你問樹還是事？」巴勇先說起樹：「高山裡大樹多囉，紅檜神木就很多，整片整群都在沒有路的深山內。單獨一棵在山頂嗎？這我不確定，找機會去探索看看。溪谷山壁像雲彩，哈尤溪那裡就是啦。」

杜布點點頭，他知道哈尤溪，是有點像。

可是夢到水和夜鷹，這到底好或不好呢？杜布為這問題已經想了一整天，「是不是『**泡湯**』？要我別去……」

山裡的人出發打獵前若夢到什麼，通常會取消行動，雖然只是放設陷阱，但杜布也和族人一樣，習慣慎重行事。

「如果是巡山任務，那怎麼樣都要出發。」巴勇說，當然還是會先跟祖靈報告，「還有山神、樹靈，也別忘了向祂們祈告。」

「你就當作爬山，看看我們的土地我們的樹木。陷阱啊，先別去管啦。」巴勇舉起手指向前方高山：「山林，很迷人的，腳好了後我會再去。」

跟著望向遠處山林，杜布脫口說：「我好像遇到山老鼠。」他描述和那兩個人短暫扭打的經過，「山老鼠是那樣嗎？」

巴勇笑起來，隨即正經八百回答：「老鼠看到人就跑的！」

十次有八次九次，巡山員或警察一出現，山老鼠就躲就跑，連工具和木頭樹材都不要了，往山上樹林或溪谷爬啊跳啊。

「他們啊，跑給你追，賭你追不上。」巴勇下個結論：「山老鼠很狡猾，不好抓。」

「他們抓熊鷹要做什麼？」

「買賣呀，外面有人出高價要買，就有人來山裡獵抓。」巴勇很清楚這種事。

杜布原本猜想那兩個人是山老鼠，但是巴勇沒在意，反而對「**那個東西**」有興趣：「你說那是一團影子？到底是什麼？人還是動物？」

「我只瞄到一眼，不是人，絕對不是人。是飄是飛？還是跳或跑過去呢？那麼快，我也看不清楚。」再怎麼回想，杜布都沒法說個確定。

「也許是護山的神獸或精靈，厲害呀，被你遇上。」巴勇的話像揶揄卻讓杜布心中一跳，哇，「**谷衣谷路**」嗎？還是「**里古洛**」呢？太棒了，雖然沒看清楚模樣，至少證實神祕的守護者真的存在！

8 知道山的溫柔

跳上樹，在枝條樹葉晃動之前，里古洛的爪已經通知它們：「是我，別出聲。」爪下厚厚肉墊讓枝葉認出里古洛，很配合地保持靜定不動。

銳利眼光搜找較大葉隙，里古洛愛走林木高枝，牠輕盈的攀跳翻越，盡量不造成樹木的負擔。

樹林的氣味特殊，地面腐葉苔蘚會傳露消息：有哪些傢伙經過，水鹿山羌先後來咬餐一頓，松鼠被鷹抓住時正在偷襲竹雞蛋……而來自樹木本身的體味，最能幫助里古洛警醒神智。

靜寂並不尋常，不管是一座林子或幾棵樹，應該有松鼠鳥雀蟲蛇什麼的聲響，樹林其實是熱鬧的，就算夜晚也充滿活勁。有狀況時，哪怕眼前陽光熾亮，里古洛卻感覺不到腳下樹林中的活力。

來如影去如風，枝條樹葉總在里古洛離去一陣後才簌簌搖晃：「牠很小心。」「比松鼠還輕快。」「嘿，我還是沒看清楚牠的樣子。」

交談起來的樹葉發現：那像風一般的影子，原來是山中的守護獸，會化身成草木岩石山泉溪河的模樣。

「牠在樹上就是一叢樹葉。」

「牠到山上就是一塊岩石山壁。」

那到水裡呢？

「你只會在水中看到自己，牠，不見了。」樹木們這樣描述。

也有時里古洛來過了，但是沒有誰知道。

牠，里古洛，山林的獨行客，最愛探望山裡每棵大樹，到最高最險的峰頂懸崖，到隱密深潛的溪谷潭澗，去發現老樹大樹，去和樹交談認識。

探看過各處險灘絕壁，牠知道藏在一處神祕溪谷的七彩岩壁，那是哈尤溪在山裡打造出來的絕妙奇景，整大片整大座從天而下，美麗炫目的斑爛山壁，像顏料被潑灑出鬼斧神工的圖畫。

里古洛爬過哈尤溪的石壁，曾經抱著整片山壁，貼入，化成岩石上的彩紋。山冷硬，但牠感受到山的聲響，來自岩石內層的細微擾動，那是山獨特神祕的語言，牠聆聽並記住，也因此知道山的溫柔。

像哈尤溪谷岩壁的地景還有不少處，在山林中到處巡看，牠知道這些神祕奇美的山與水在哪裡。已經被發現，走漏位置處所的，牠無法阻擋人群前來，只能默默守望。人常對著彩石岩壁哇哇叫、發呆，牠會避開人，在人群的頭頂身前背後靜靜看，再悄悄離去。

狂風暴雨、天搖地動，會讓山石震晃、斷裂跌落，會讓溪水怒漲、衝撞掏挖，也讓樹木被劈砍折毀，隨土石泥水漂流，山谷森林都變了樣，但是新的潭湖、新的斷崖險峰、新的絕谷祕道反而是一種保護，人被隔擋不能進入，樹木可以重新長養，它們會再度成為美麗的山林。

牠為這樣的結果慶幸，封閉不通的峽谷是鳥獸蟲魚生活遊走的領域，人無法入侵干擾，破壞當然就會減少。

樹木的生長、森林的形成都不是一天兩天的事情，有時隔一兩個冬季再到同樣地方，已經有不一樣的顏色光影，但是樹冠的高度和濃密，卻還不夠牠平日慣走的茂盛姿態。

山林有生命，生命各有習性，里古洛遵從山的教導，不論是遇到成群結夥、兩三隻或像牠單獨行動的個體，都保持一定距離。占著居高臨下的優勢，習慣隱伏觀察的里古洛，對熊不陌生；牠和鷹互不侵犯，甚至欣賞鷹凌空盤旋、御風直上的空中身影。

牠看過猴群胡鬧熊，是怎麼起頭的呢？里古洛不清楚，從枝椏間探看，是猴群尖叫，跳來跳去，圍著熊不給過路，里古洛懶得看打群架，先離開了。

山豬也常闖亂子，不過更常被捕獵，逃跑中和人養的狗衝奔對撞的時刻，里古洛會簇簇鼻子，咧嘴為山豬叫好。樹冠上的加油，只有枝葉明白，里古洛沒打算去救誰。

很少的幾次例外，里古洛會和別的獸對望。

出沒在高冷山區岩洞間的一隻山羊，背毛是白的，頸部以下和肚子是黑的，狹長的臉孔突出的嘴顎，下巴長長一搓鬍鬚，頭上兩隻彎捲的角，大大圈，像舉兩個套環，翻轉得優雅流暢，獨特外型遠遠就能認出來。

里古洛見過這山羊輕快跳躍寬大的岩石裂縫，不費力地攀爬陡峭坡壁，強壯的腳讓身上長毛柔軟掀動，服貼得像風撫過。

一次，里古洛站到山羊身前盯視，山羊從容不迫迎著牠的視線，長臉上鼻嘴在微笑，里古洛讀出山羊眼裡的慈祥問候：「你長大了。」

喔，這是一隻親切的獸，被神祝福過的長壽老山羊。

里古洛輕輕踏腳，退後一步，看著山羊跳上山石，進入樹林之上的光禿岩壁。

另一次，里古洛遇到一隻水鹿在溪水裡不停轉跳踩踏，叫出「汪汪」或「嘓嘓」還是「吣吣」的怪聲，持續很久。

紅楠告訴里古洛：鹿不知道吃了什麼東西，發狂了，不喝水，只想咬尾巴，連著幾個黑夜白天這樣亂叫胡鬧，別的動物都不敢靠近。

里古洛跳到鹿面前，拖倒鹿，睜開雙圈大眼瞪著這傢伙。已經快撐不住的鹿被炫目神光吸走魂，心頭驚嚇身子發抖，軟躺在水中正好順勢睡覺。

回到樹上，里古洛眨眨眼睛：「帕契帕去。」把鹿的魂還牠。

山石、地景、樹木、動物，就連山中的水都一樣，生命都有故事，要自己面對困境，找出辦法，這就是山的態度也是山的溫柔。

風吹拂里古洛，輕輕的，彷彿贊成牠的想法。

9 風裡的交談

風不斷帶來訊息，那是山透過風持續指點教導里古洛，把獸族過去的故事、歷來的傳承，一點一滴交付給牠。

無處無時不在的風，讓里古洛安心行走在山峰絕頂，探闖險崖深谷。有時，風會無情嚴厲的鞭策牠、阻撓牠，在牠努力要完成山交付的任務時，風從背面推送或正面擋逆，不管牠可能墜落還是暴露行蹤，風毫不留情糾正牠的失誤。

「確定牠有能力」這件事很重要。

「里古洛，認真鍛鍊自己。」風裡，山這樣說：「你要保護山林和族群，責任重大，絕不能軟弱懶惰。」「做好你該做的每件事！」

不止一次，山在風裡重複叮嚀：「去，找到同伴，把你會的教給牠們。」「記住，族群不能滅斷，照顧牠們，帶牠們去安全的處所，讓更多下一代生出來。」

有幾次，里古洛聽到「重生之穴」，「那是什麼？」牠問，但沒得到答案。

風裡的聲音有時充滿關愛：「里古洛，避開人，山頂樹冠是好處所，地上的路有陷阱。和樹做朋友，它們會通知你，危險在哪裡。」

現在，風裡的聲音這麼說：「里古洛，太陽住在彩虹上，彩虹一道又一道；太陽住在高山上，高山一峰接一峰；太陽住在生命上，生命一代連一代。」

里古洛牢牢記住這樣溫柔美妙的話語，想再聽多一點。

「意志要像樹梢，指向天不改變；鍛鍊你的身軀，要有水的力量和智慧；把山的靈魂帶著，你會看到更開闊的生命。」風裡的交談是里古洛一次又一次的上課學習。

「眼睛會洩露祕密，盡量藏住眼睛；多用耳朵鼻子；尾巴是你的第五隻腳，操練它，會善用尾巴才可能爬到聖石頂上。」

聽到最後這句話，里古洛昂起頭。

它試著和風裡的聲音對談：「是誰在和里古洛說話？」

「你聽到的是路固路固，老祖先。」

「爬到聖石上找到洞室入口，路固路固祝福你。」

老祖先？山的老祖先？里古洛追問：「那就是重生之穴嗎？」

「找到重生之穴，里古洛必須進入洞室。」

這次牠聽到了重生之穴的祕密：爬上聖石找到入口，進入洞室。

聖石在太陽升起的方向，里古洛曾經幾次靠近，看著那映照陽光、獨立無物的石壁，巨大如山陡直滑溜的硬石，能爬得上去嗎？里古洛扣緊爪子，尾巴不自覺挺直。山的老祖先交付了任務，牠必須去完成。

轉往東，牠會有好幾天的路程要跑跳，得先填飽肚子。里古洛抓了隻山羌，撕開山羌胸膛掏出內臟，里古洛飽餐這活跳的心臟和帶有能量的細嫩鮮味。

「趁著生命還沒離開，吃下它們，你會更強壯，更有力量。」──這是山在風中教導的。從里古洛很小時第一次抓到飛鼠，牠就嚐到那種滋潤全身筋骨的好處。

即便是飢腸轆轆，牠仍記得吸食咬嚼前，要先低頭嗅聞再立刻舉頭環視周圍一圈，這是個儀式，風和樹都聽不到牠心裡的聲音：「帕契帕去。」通常是狼吞虎嚥，也有少數幾次牠從容品嘗。肚子填飽就停，剩下沒吃完的部分，里古洛把它們丟在樹下。

「要甩開你身後的討厭傢伙。」這是山說過的話，所以里古洛既不儲存食物，也從不回頭找剩下的食物。

趴坐的這棵老牛樟樹味道很香，里古洛等著樹開口。

能夠停歇在老牛樟的機會不常有，但是老牛樟認得里古洛，總是給牠可靠的訊息和接納的手。現在老牛樟沙啞輕聲說：「趴下喔，放輕鬆，有事會跟你說。」

娑娑聲伴著微微晃動，是里古洛熟悉的信號，牠放心瞇眼。山林的氣流和聲息平穩如常，目前這段時間可以休息，里古洛輕緩地伸展腰胯，找到和枝椏最密合舒服的角度，很快靜下來。

冷風吹起，嘰哩蟲聲傳出，里古洛動動身體，老牛樟適時彎下一條細枝撓撓牠趴臥的粗椏，輕微到難以察覺，不過里古洛清醒了。

黑夜是行動最好的掩護，牠挺腰上竄，老牛樟默默送出一陣香，讓風把樟的祝福送入夜空。

若想趕快抵達聖石，那麼白天黑夜都得要向東趕路，但是里古洛想要先去尋找同伴、族群，牠們在哪裡？連路固路固也不知道，只說躲在高山、分散在人到不了的地方。

里古洛一直都是孤獨的獸，牠記得小時在高山頂峰石壁岩洞，有幾次隔著遠遠見過和自己同樣皮紋的獸，總是輕飄的閃進景物中沒停留，等牠強大到能奔跑山林後，卻不再遇到過。

人到不了的地方

分散

就是那種情況嗎？里古洛覺得自己並不需要同伴，強大的獸有足夠能力保護自己可以單獨活下去，不必像猴子成群行動，但是牠仍想找到自己的族群。

夜晚的山林並不是完全黑暗，里古洛毫不困難的奔跑，沒有聲響，不驚動任何生命，除了樹。

樹是可靠的伴，這堅強柔韌的生命，就算匍倒在地，彎曲盤繞了枝幹，也會努力長出葉開出花，維持山的美麗；被火燒雷劈的白木枯枝，依舊站出姿態，護持腳下新的生命！

不過里古洛知道，當更多人進入山林生活，自己得往更高的深山活動，樹會逐漸退出牠的領域，光禿的山石洞穴將是未來不得不的藏身走踏地，「我的族群，一定也在那樣的地方探索。」

沒有什麼是恆常永久的存在，生命必要時得做出改變。

溫柔的壓一下枝條，里古洛挺腰立身，縱躍入黑夜消失在暗影中。

10

樹要離家出走

沒有什麼是恆常永久的存在。

杜布以為山不會走失，固定在那裡迎接他的搜尋注視。「山就在那裡，不會跑的。」這樣笑出聲的杜布，正在跟一隻土狗說話。

「欸，狗」，杜布喊。從小抱來養的土狗，一身發亮黑毛，尾巴短直，背臀的弧線和結實的肚子，誰看了都誇好。杜布沒另外給牠取名字，偶爾叫牠「陶碰古」，這是狗的土話，更多時候直接喊「欸，狗」。

「啊牠就是狗啊，沒事啦。」名字哪有那麼重要？「對不對？欸，狗。」聽到杜布叫，狗立刻跑到他跟前汪汪兩聲，沒錯，狗很同意杜布的說法。

一人一狗往山崖走去，杜布要檢查陷阱有無獵物。雖然是工作，只要走入山林，杜布都覺得輕鬆帶勁，滿身氣力，對於會遇到的狀況全不擔心，甚至是歡喜快樂像要去見好朋友一樣。

只是，他走了很久，這路竟然沒完沒了，山崖始終在他前方高處。杜布低頭，腳步一樣大，抬眼看旁邊，就是同樣的路，我怎麼走那麼久？

「欸，狗，跑啦。」他吆喝，起腳跨大步快速衝，狗興奮地狂奔超前。

岔出的一條路徑光光亮亮，讓杜布停住腳。哪時候有這條路？

說是路，其實地面依舊纏滿草藤蕨類姑婆芋，會勾腳的，但是，沒有遮陰的樹，完全沒有，天空開闊，陽光直直照曬下來，變成長長空空的一段「路」。

樹呢？

杜布揮柴刀，撥開腳邊藤蔓草葉，踏進去仔細看，地面一個個土坑，泥土散落，是整棵連根拔起的，土還溼溼結團，剛發生的事！

杜布追進去，狗跳起來跟著。

更前面有娑娑聲，聽得出是樹葉枝條摩擦，又厚又重的，終於看到樹，哇，一棵棵直立排隊走。杜布瞪大眼差點讓眼珠掉出來，他脫口就問：「喂，你們要去哪裡？」

「要出走啦，去海裡。」好像一棵，也好像每一棵樹這樣回話。

去海裡？杜布更奇怪了：「你們又不是魚，去海裡做什麼？」

樹的回答很輕快：「游泳到別的島去。」

「什麼別的島？」杜布聽傻了，這裡不好嗎？

「去別的島，有更好的土地。」「別的島有更安全的土地。」「可以開闊伸展，大家都不用擠。」樹開始興奮地窸窣唰啦吵，話說得像它們走路一樣亂七八糟。

「嘿，這是誰告訴你們的？誰說這種話讓你們相信啦？」

「樹啊，跟我們一樣的樹啊。」杜布踩到番龍眼掉的果實，它搖晃得很起勁，像要甩掉什麼討厭的傢伙。

「長不好，沒位置，擠不過那些大樹老樹，跟我們一樣，很強壯卻沒有機會的樹啊，它們說的。」

老荊藤和黃連木纏靠在一起，說的話也疊成團，杜布抓緊兩隻耳朵，好不容易才聽清楚。

原來年輕的樹也有牢騷啊！杜布呼口氣，是啦，可是這種話能信嗎？聽聽這些樹木說的：「它們先游海過去了，要風啊鳥啊來告訴我們，很多別的島都還是空空的，叫我們趕快也去佔位置，享受陽光。」

「不行不行」，杜布搖手搖頭揮著柴刀，嘴裡「不行不行」說了七八遍，「你們一定被騙了，弄錯了。走回去啦。」他伸手去推去擋去拉，最後索性整個身體去頂。

「你們都有自己的位置，回去啦，你們看，陽光照得那麼亮……」

「你們腳下那些草，都長得好好的，大家都會找到位置嘛，沒事沒事，這裡是好地方，回去回去，留在這裡就好。」

杜布說個不停，努力要把這群樹擋下來。

「欸，狗，陶碰古，快想辦法呀。」

狗立刻汪汪叫，衝到更前面，杜布看不到影子，牠是去找領頭的樹嗎？汪汪聲變小，很遠。

突然樹木搖搖晃晃，接著上下跳，杜布才眨個眼，耳朵裡**嗚嗚嗡嗡**聲加上**唰唰嘩嘩砰砰轟轟**……巨大可怕的音波把樹木們全摜倒。

杜布被壓在山龍眼下，很驚訝：「我的狗這麼厲害？」腰背會痛，頭很暈，呼吸很吃力，他知道要先睡一覺才好。

聞著泥土味和樹木枝葉香，杜布睡得很沉，好像睡在簍籃裡被搖被哄的小孩，還被拍著屁股，隨著大人工作的腳步，晃啊抖啊，那種熟悉又安全的感覺讓杜布放心睡。

總是睡到自然醒的杜布，這回照樣分秒不差，在陽光爬上臉時睜開眼睛。

「喂，欸，狗。」他叫。逆著光，一隻獸趴在他頭臉上方的山崖，是他的土狗嗎？山龍眼壓在胸膛，杜布慢慢挪出身體坐起來，看到旁邊東倒西歪大堆樹，是那群要出走的年輕傢伙，有些給山土蓋去身體、埋住腳和根。

「怎麼那麼多土？」杜布發現自己身上也是黏黏濕濕的土，用力從泥土堆中拔出兩隻腳，找到鞋子穿好。

越想越不對，山坍塌了，這是地震還是樹們離開造成的？再去看那隻獸，已經不見了，獸站的那處山崖黃塌塌的，好像削掉一片皮肉，那裡的樹也出走了嗎？

「我的狗呢？」杜布爬在樹堆土堆上，身體手腳不怎麼正常，會酸會痛還發軟，唯一好的是腦筋清楚，眼睛耳朵都能用。

他聽到嗚汪聲，在前頭堆疊的樹下面。跌跌趴趴靠過去，杜布朝一個指頭大的空隙裡看，確定有東西在蠕動。

「欸，狗。」他叫，回應的卻是山羌。

杜布拍拍樹們：「你們能站起來嗎？」把樹一棵一棵種回去是必要的，至少先把上面幾棵立好，他想。

杜布喘著氣，慢慢移動樹，「不行，不行。」樹都不想動，杜布也沒法子動。

靠著樹堆滑滾下去時，他瞄到那隻獸，身體飛在天上跳過他的頭，像雲朵飄過山頂，天暗了一下，杜布的眼皮跟著閉合，「飛來很大一朵雲」，他腦子記住這句話。

11 被騙的孩子回不了家

「你能站起來嗎？」

人的聲音叫開杜布的眼皮，乏力無神的眼睛慢慢看著人，不認識。

「沒事的啦。」杜布抬起手，兩個人來扶他，腳挺直了，試著站，還行，抖著斜著晃著走，杜布告訴那些人：「樹木們離開土地要去海裡。」

一共四個別村的人全搖頭：「哪有可能。」說什麼傻話？

「樹底下有山羌。」杜布說：「牠也知道樹要出走。」

不會吧？四個人很困惑，這個沒事村的年輕人，是腦筋傷得太厲害嗎？

「有隻獸帶我們來救你。」他們跟著一隻獸追到這裡，獸就忽地竄下地不見了，隨後看見樹倒山塌的災難現場，和昏倒的杜布。

「不是不是，獸飛上天變成很大一朵雲。」杜布說。

這些人對他看到的獸很有興趣：獸怎麼飛？很大一朵雲要怎麼想像？身體多大？像什麼，熊嗎？鹿？豹或是山豬、大山羊？

杜布被問得頭痛，哎，他也沒看仔細。

再想想，杜布突然記起曾夢到山頂一棵紅檜被雲包住；再想想，剛才獸飛過頭上，「天暗下來，一朵雲……」也是雲！不對，是獸，會飛的獸！

杜布打一個哆嗦，胸口一陣鼓跳。「**神獸**」嗎？他不敢亂說，抓著頭發呆。

救他的四個人並不都是一夥的，他們各自在不同地方發現那隻獸。

「從沒看過的。」光頭高個兒說。原本以為草叢裡的動靜是山豬，「尾巴那麼長，不是啦。」能夠見到形跡，還是因為那隻獸甩動尾巴，「像在割草，劈哩啪啦。」

髮長垂肩的瘦子，第一眼瞄到是在溪岸邊，「突然冒出來，在石頭上跳，暗暗一團有點像狗。」好奇的瘦子從溪邊追到山這頭，遇見大光頭。

「跑得很快，只見到影子閃過。」肩膀特別的寬，胸膛特別厚的老人，打獵經驗告訴他，這隻獸不同一般，難追，可是放掉太可惜。

「毛色嗎？比較像麻雀。」說這話的是平頭小伙子，他眼力好，即使獸的背影只是瞬目間的印象，依舊看出這一點。

四個人眼神碰觸，不約而同「啊」一聲，難道是「**谷衣谷路**」？

保護山林的精靈讓他們在這裡碰面，是有什麼用意呢？為什麼只有這座山、這片樹林山壁倒塌？是精靈發現什麼？

再去看杜布，這個人兩眼發直瞪著山崖，像嚇掉魂了，呆傻傻的。

杜布被送回沒事的村。

聽說樹們壓傷他的腰，說不定也壓壞他的腦袋，那隻獸更抓走了他的魂，長老們陪著杜布，按照祖先用過的古老方法，朝東西南北方灑酒，低低念誦祭詞，向祖先神靈問候請示，祈求祖靈幫忙找回這小孩的平安。

神靈的諭示很快出現在祭師腦海，他一五一十說出這樣的話：

山裡的樹不要離開，
被騙的孩子回不了家；
樹要回土地去，
谷衣谷路祝福的孩子不會有事。

清清楚楚的指點，解開杜布心頭的驚疑和困惑，原來是精靈入夢，把樹擋下是對的。清醒回神後的杜布，精神抖擻，手腳腰背噴過祭神的酒後也恢復靈活矯健。

神靈的保護讓杜布和村人感謝又敬畏，村長找來全部族人，把崩落的山土整成一處平台，把要出走的樹都種回土地。新的林子開闊，陽光充足，杜布猜，谷衣谷路知道樹的抱怨，要留住它們，才有這場災難。

「神靈保護你們，好好長大，長成高高壯壯，加油啊，大家，**沒事的啦**。」樹和人都是谷衣谷路祝福的孩子，杜布跟著族人一同祝福樹們：「沒事的啦，谷衣谷路會保護你們和土地。」

地震只影響沒事的村嗎？派出去探看山林的村人回來描述：原先擋在山道上做守護神的小山頭，整座移靠向聖石腳邊，差點撞貼上去，不過聖石穩穩立在那兒，「好像長高了，沒事的啦，站得好好的。」

「太陽的家」若從其他角度方向看，是沒什麼變化的，只有沒事的村這一頭多了些谷窪，既然谷衣谷路祝福過了，村人正好開墾來種作。

這次山崩多少有些損失，阿拜老人住的洞滑落谷窪，沒了住處，大家為他搭蓋樹屋，仍舊對著他日日看望的山頭，還有幾處地瓜田、藜麥園被山土壓埋了，得重新清理。不過，「沒事」「沒事」，村人一疊聲的說，大家都安好，連受傷嚴重的杜布都恢復健康了，真的沒事啦。

困在樹堆裡的山羌被放走，牠應該也受到精靈的祝福，可是杜布找不到他的狗；去幫忙想辦法的狗，曾經叫得山搖地動，那麼厲害，卻不來找牠的主人。

「欸，狗，陶碰古，你是被騙的孩子嗎？」杜布以為神靈是這意思，「你回不來了齁。」

12

在雲海上跳舞

風總是帶來神的意思，儘管很難猜測，里古洛從不多問。

「里古洛，快去聖石頂上，快。」風小聲地催促。

神獸里古洛急急奔竄，跨跳過一座座樹林。雲霧升起湧動，牠的步伐加大，再大，順勢騰空飛上岩壁，巴住懸崖峭壁的裂罅隙縫，猱屈伸展。

雲海環繞在牠周邊，獸變成雲，變成鳥，變成跳動翱遊的暗影。

團團聚集的雲，才稍稍擴散消淡，就又再生出更多雲霧來補實加厚，流向四方的雲浪把山林遮蓋，輕靈虛幻的雲，讓每個生命都漂浮了步伐，眼光迷失目標，似乎，所有實體全都被雲的魔術化除，只剩模糊的影或氣流。

這種時候，千萬別妄動，最好留在原地靜靜等待。

幸運的人才能見到神獸的形跡，像雲海中航行的船，穿出雲浪又鑽入；像祭典上舞踏的身軀，拱起弧虹又拉平。

這種時候，千萬別妄動，最好睜大眼瞳屏息凝視。祖先叮囑過，能夠見到神獸在雲海上跳舞，幸運會降臨那個人身上，但是絕對不能有聲響有動作，任何細微的氣流改變都會帶走好運，一定要到雲霧煙嵐消散，看清身處的位置腳踩的土石，才可以鬆口氣動身體，而那時，驚鴻一現的神獸早已經遠離。

厚厚雲嵐同樣也遮覆里古洛周遭，牠怒張雙眼，兩道目光清楚看見每一處山岩峭壁，矯捷輕盈的身體飛踏過一處處峰頂。雲海在牠身前身後飛聚簇擁，在牠腳下幻成堅硬山石，承接牠的點踏，供牠踩抓騰身，載度牠跨越一道道裂溝一座座山頭。

山，給了任務，也給了助力。

「快！」風催促著。

「雲石的魔力只在瞬間。」風催促著，里古洛要搶在雲浪化散前趕到聖石，這是最快的「路」。

不知牠是如何做到的。只看牠每一次起腳縱跳，拉開前後肢，身體成為薄薄一片，沒有重量的浮飄，飛向前，卻又穩穩有力的停腳踏點山石，再次騰躍出驚人的跨距，彷彿牠的腳有魔法，時間被放大，路程被縮小，但只有里古洛明白，軀體能量極致伸展的同時，牠不能看錯落點、估錯距離，眼睛必須緊盯又必須留意毛皮下筋肉的抽動，配合呼吸緩急，牠面對的是自我挑戰卻關係生死瞬間，只要有一聲鳥獸叫、一塊山石崩落，一滴雨一道光，都能讓牠頓挫、緊繃，足以亂了步伐錯了估算，牠其實是膽戰心驚，努力爭取時間。

被兩道清靈的光柱照出空蕩禿頂，清楚看見里古洛的雙圈眼瞳，聖石才要驚嘆，這獸已經飛衝過來，身軀拉平為一片樹葉，前爪搭扣聖石頂邊上，只需要用力一蹬，全身就可猱伸帶起後腿，順利趴伏到聖石上。

儘管意志鼓舞著，右前肢碰傷的爪尖卻怎麼樣都使不出力量，里古洛沒法蹬躍，牠的身體因此結實的撞擊聖石，劇痛幾乎拆散牠全身筋骨，後腿胯做不出任何動作，只靠尾巴還能穩穩險險的抵住石壁，勉強撐著牠。

聖石安靜冷硬的等候，久遠年代前「朋友」的故事重新提醒它：等候。

里古洛沒時間等候。聖石寒氣麻痺牠的痛，卻也會麻痺牠的反應，牠很快就會摔下絕壁。喘過一口氣，牠張口，銳利的牙抵住石壁，尾巴用力一頂，把自己摔翻個身，重重跌在聖石上。

太狼狽了！神勇的獸這樣肚皮袒露朝天，四肢軟癱躺在地上，實在不像話。

里古洛顫抖掙扎，爬起來，腿腳撐起身體，步伐遲鈍蹣跚。

聖石迷惑不解，這隻獸是來接續「朋友」的故事嗎？牠的眼睛確實跟「朋友」一樣懾魂，頭上也有撮明顯捲翹的毛髮，但為什麼？為什麼都要冒生命危險上到這裡來？

「找到洞室入口。」里古洛腦子裡有路固路固這樣的交代。

聖石頂上是有一處凹陷暗影，里古洛勉強拖著身軀走近看，晶亮的目光射向那暗影，是一個洞，里古洛咧咧嘴。

黑黝黝的凹洞，看不清內裡，很深嗎？是直下或彎曲？

「進入重生之穴」是牠的任務，此刻，里古洛忍不住發問：「我要重生嗎？為什麼？」

「進入洞室，你會得到答案。」風吹拂里古洛四肢，撫慰牠的疼痛，路固路固簡短說，卻沒有任何解釋。

聖石聽懂風的呼嘯，那是種催促，這隻獸即將重踏「朋友」當年的生命軌跡。

腳下就是凹洞，蹲伏矮身前，里古洛提醒自己算好距離、看準落點。剛才最後那次的「飛」是正確無誤的，里古洛不認為自己失敗，但也沒有成功，總是有突發狀況考驗牠。

想起路固路固說過許多次：「要學習水。」水在山裡轉彎、改道、下切沖刷、侵蝕穿透，有智慧有力量。

「我現在真的軟塌得像水。」里古洛懷疑，帶著傷的軀體還有力量進入洞穴嗎？

環顧四方矗聳的山頭，雲浪正在消散，「那披覆山石的樹」，牠想著：「每一棵都望向天。」里古洛仰頭，恰好見到陽光照射，山峰一片明朗。

山林的氣息灌注皮毛呼吸間，意志膽識鼓動筋肉，牠踏踏腳，「來吧。」守護山林的獸，伸展前肢，按按爪，丟掉傷痛的陰影，「來吧。」里古洛踏入洞，伏身貼壁探索路徑。

洞穴曲曲折折，狹小暗黑，跟牠穿行過的絕崖洞窟差不多，有些地方窄得像溝，摩擦皮肉，有幾處轉彎又特別寬，似乎分出另外的通道。

「聖石其實也是山。」里古洛想。

我已經爬上聖石，找到一個入口，也進入了，但洞室在哪裡呢？要先進入洞室才找得到重生之穴……

里古洛收起心思告訴自己：動腦筋找答案的事跟冒險登頂同樣困難，都要小心應付。

13 我跟牠們一樣

狹窄濕冷的闃黑石縫間，里古洛頭頂那簇毛髮直挺立起。

只在帶來訊息時，風會吹開里古洛頭頂那簇毛髮，把路固路固的叮嚀教訓送入牠的耳朵。現在，風帶著路固路固的話語也吹入聖石來了嗎？

里古洛專注聽，卻沒有聲響，沒有風吹拂，為什麼頭上毛髮會怒張？

是什麼力量撥弄牠頭頂的毛？

里古洛機警的旋身伏趴，瞪大眼搜尋。

氣流柔軟緩慢地晃湧，不是風，倒像是水流過身體。

里古洛的尾巴沒來由地蚪曲捲彎，牠本能地用力甩下，繃緊全身肌肉提防偷襲。氣流持續輕緩地擺晃，推著里古洛移動位置，牠抗拒，使盡全力抓住山壁，竟然整個身體被抬起升高。里古洛閉上眼，鬆垂尾巴，等著接下來的變化。

這不是敵意攻擊！被撥弄頭頂毛髮，被彎曲尾巴，喚起里古洛模糊的印象：幼獸時曾有這種碰觸，也曾有身體騰空被叼起的經驗，「是被照顧的狀態……」

剛想到這裡，里古洛腦子浮現出一隻威猛的獸，過去每次接近聖石，都會出現腦海，現在，這隻獸更清楚地站在自己面前。

里古洛睜眼尋找，黑暗洞壁上沒任何影像物體，牠再閉上眼，那隻獸朝牠走來。

有光，照亮獸，毛皮花色灰褐裡有金黃，飽實軀幹強壯四肢，頭上彎翹著一捲毛髮，眼皮是雙圈黑紋瞇成一條線，那黑紋順著眼角往下垂出一點黑，使得那獸的臉頰上好像有另一顆眼睛。

獸停住腳看著里古洛。

里古洛不由自主迎上前，幾乎要貼到獸的臉，喔，兩隻獸一樣高，可是眼睛一睜開，那隻獸就消失了。

重新闔上眼，里古洛再度和獸對望。這次，獸慢慢轉身背對里古洛，往前走，全身發光。里古洛跟著牠，走、跨大步、奔跑、縱跳，盯緊那團光亮。

獸始終在前頭，里古洛試了又試，都碰不到獸的身體。不習慣閉著眼跑跳的里古洛，再一次睜開眼，暗黑的山壁依舊，洞好像更窄小了，卻沒有撞到任何物體，也不見那隻獸。

自己遇到什麼了？里古洛很困惑，決定繼續跟隨那隻獸，找出最後的結果，牠又閉上眼。

起先只見一小點光，像夜晚飛鼠眼睛那樣一點，里古洛朝那點光撲去，意外被巴了頭，獸倒懸身體瞪著里古洛。

躍起、伸爪，里古洛狠狠抓下獸，可是落地後獸掙脫了，停在牠前方回望，等著里古洛。

「我沒有抓住牠！」頭一次有獵物從自己爪下脫離，而且剛剛抓扯到的，竟然是冰冷堅硬跟石頭一般的軀體，里古洛很驚訝。這才發現受傷的右前爪、後腿胯不知什麼時候復原了，撞傷的筋骨也好好的，感覺全身舒暢靈活，流竄四肢肌肉的精力讓牠想再次到雲海上跳舞。

等在前方的那隻獸咧開嘴笑，起腳蹦跳，沒錯，獸在雲海上跳舞。

「是我先想到的。」里古洛不服氣，和那隻獸較量伸展飛跨的姿態能耐。

兩三次後，里古洛發覺獸在教導牠打開心中的眼，在訓練牠學習只用耳朵鼻子去配合身體。「這樣更好。」牠很快抓到要領，學會雲的輕飄游移、柔韌扭捲、散開聚攏，好像骨肉毛皮都化成空氣。

「要學習水。」里古洛腦子裡剛想起這句話，水出現了，是一潭水。

那隻獸跳進潭水，尾巴甩打出大片水珠，都亮著金光。里古洛正準備踏進去，金色水珠膨大成一隻隻獸，和里古洛一樣皮紋的獸，在牠身前跑跳坐臥。

「我跟牠們一樣！」比貓大，比老虎纖巧；像豹那樣敏捷，卻有豹罕見的壯碩；像貓豹的臉，但若只看頭部肩頸膨大渾圓的肌肉，會想到熊；而那長過身體的尾巴，靈巧有力，可以勾可以捲，可以直伸橫掃千軍；四隻腿腳精實得勝過豹腿……

里古洛忍不住睜開眼睛，是真的有水，山壁隱約浮現出獸的影像，牠瞪大眼，精光射向腳下的水，射向那些獸。居然，水被牠眼睛的光照出彩虹，那些獸於是離開山壁移入彩虹。里古洛看著牠們排隊走上彩虹，從一頭走向另一頭，之後消失。

「等等，你們去哪裡？」里古洛輕輕踏腳，想跟，想問，這是自己的族群，牠想加入。

「那隻獸」——臉頰上有著黑點的那隻獸，在山壁上發光，沒有移動，直到所有獸的影像消失，只剩牠和里古洛。

趴伏跪入水中，里古洛向那隻獸禮敬：「路固路固，請教導我。」

「你看到的是瑞酷拉。」發著光的瑞酷拉，右前爪踏踩里古洛頭頂。低伏的里古洛看見瑞酷拉左前爪，長毛覆蓋了銳利尖爪，爪趾上有厚厚鱗甲。

「牠很老了。」里古洛想。

「天神要瑞酷拉爬上聖石，找到這些水，守護它們。」瑞酷拉的聲音掀翻里古洛的毛髮，比風還清楚有力，站立的身軀穩穩不動，里古洛稍稍瞄上一眼，被那威猛霸氣的神態折服，垂眼不敢再冒犯。

「神的獸里古洛，你是聖石的第二個祕密。瑞酷拉的靈魂守在這裡，里古洛要帶著重生的水，去照顧族群照顧山林。」

「重生的水？」

14

神的獸里古洛

「什麼是重生的水？」里古洛低頭問。

瑞酷拉沒有回應，只加大前腳力道。頭被重重壓下，浸入水中，里古洛不敢抗拒，閉起眼睛任水進入鼻子、耳朵，直到牠喝下那些水。

清涼、香甜，牠覺知水裡有雨露的味道，感應到太陽月亮星星的光照耀內心。

一口一口喝下那些水，里古洛的耳朵出現山林裡各種聲響，鼻子充滿山林的繁複氣息，美好的感受卸下牠的疑問防備，最後，牠在水中睜開眼睛，讓水也流入漂洗眼眸，但不曾有過的酸澀刺痛讓里古洛全身顫抖，

「我的眼睛……」

金亮的光跟著水直入眼底，牠看不清影像，水流晃著冰涼，光卻是熱的，牠大口大口喝水，以為把水喝完，光也就沒了，但水並沒有減少。

被瑞酷拉的爪定定按住，里古洛連轉頭都沒有辦

法，浸泡在水和光裡，牠想要闔上眼皮躲開痛苦，但是不行，眼皮似乎也化成水了。

「里古洛，神的獸；里古洛，神的獸……」呼喚聲好像哀哀呻吟，是從哪裡來的呢？

水細微震盪，聲音和水波互相晃漾推散，尖銳刺扎深入皮肉筋骨，痛，讓里古洛劇烈顫抖，牠喘氣，鼻子吸進水和聲音，耳朵嗡嗡，牙齒崩脫，趾爪掉落，毛皮一塊塊消蝕，牠癱軟在水中垂垂老去。

神的獸被活活撕扯的痛擊倒了，尾巴無力抬舉，腳腿也和身體分離了嗎？

有轟轟響，里古洛的腦子還能動，聽出來是山石斷裂坍塌，牠想起來，這也是樹木被攔腰折斷、連根拔起、鋸切割砍，那種痛，「我現在知道了。」牠跟那些樹一樣，無法動彈奄奄一息，但是樹們仍然抓住土地望向天，牠彷彿看到樹努力癒合，長生新的芽葉枝幹；傾圮癱倒的山壁被樹們遮蓋包覆，山依舊壯大挺矗。現在，牠又聽到細碎微小的鳥叫蟲鳴，花苞迸綻莢果裂開，草葉窸窣摩娑，接著有松鼠山羌獼猴山羊貂狐水鹿黑熊野豬喊叫啼吼，熊鷹盤繞飛旋在里古洛身邊，鴟鴞兀兀吵嚷，聲音雜亂熱鬧。

里古洛隨著鷹飛上天，仔細盯注地面，山的色彩那麼美麗，各種深淺濃淡的綠，簇簇片片的紅粉黃褐，那麼多的花果葉莖蕈菇，不斷變化色彩斑紋。有風，吹拂這些色彩，搖出柔柔輕輕的彩浪，風也吹上里古洛，碰觸牠的皮肉掀翻牠的毛髮。

飛飄的感覺通透舒暢，里古洛不由得吐出長長一口氣，「**獸ㄡ**——」叫聲響遍山林。

是聲音把太陽叫來了嗎？熾亮灼熱的陽光包住里古洛，千千萬萬道火焰射入牠身體內，把牠提抓捲裹，鷹的嗅叫風的吹拂被阻擋被隔開，獸成為空中燃燒的火球。

里古洛聞到焦味，自己在急速墜落，擦過樹木撞破山石，「我碎裂了！」沒有痛，沒有怕，牠不知道自己會怎樣，變成空氣？變成粉粒灰燼？還是水？

都不是，里古洛成了火，在黑暗地底流動，地底居然是更大的山洞。火在地底亂跑，到處探找出口，是什麼力量推著里古洛鑽竄？

「要運動。」「躺久了筋骨會硬掉。」地底的石板岩塊在說話，它們是土地的身體，想翻想抬，推推擠擠，火只能在石塊動作裡找空隙。里古洛遇見土地的靈魂嗎？躺坐不動的土地，原來也想要動想要走；土地如果站起來會怎麼樣呢？

火忽然直立上衝，烈焰順著岩壁穿出地底，里古洛被站起來的土地丟向天空，跟著驚飛鼓譟的鳥四處噴濺。

土地在動，山石也跳舞轉踏，樹木抱著山抱著土石，滑跌摔倒，里古洛想拉住一棵高大的紅檜，卻讓它起火燃燒。

「噢，水，水，水來把火澆熄，水來把我帶走吧！」里古洛大聲呼喚。

水在哪裡？

「曾經有一潭水。」里古洛記起來：自己泡在那潭水裡，水很清涼很甜，我喝了一口又一口……

下意識的張開嘴，里古洛吐出身體內的水，起先是這裡一根那裡一線，漸漸流出一片一陣雨般的水。

一口一口，不斷傾吐出來的水，灑向大紅檜，流入山土淹蓋土地，土地不再走動，奔逃的動物忙亂倉皇，尋找新的住所。

擠出水的里古洛，碎裂四散的身體慢慢兜攏聚合起來。在空中飛的牠，全身發著光，輕如風，尾巴肢體接回來了，爪趾牙齒齊全，毛皮貼覆身上，靈動的身體茫然飄遊，未開的眼皮下，牠的心眼看著周圍這些光、這些水，「我和它們在一起。」

神的獸，里古洛；神的獸，里古洛……

有力帶節奏的呼喚，敲擊里古洛耳膜，按壓里古洛心臟，牽舉里古洛肢體。

天地無聲，是誰？在哪裡呼喚？

「神的獸，里古洛」，心臟汩汩跳動著節奏；「神的獸，里古洛」，耳膜砰砰傳送著叫喊。聲音從哪裡發出？

里古洛猱肩聳背，轉頭扭頸，發現聲音是在身體內、在胸膛、在腦海，節奏強烈沉穩的叩動意識：

里古洛，是我；神的獸，是我；我，獸……

充滿力量的節奏衝撞里古洛胸口，壓迫牠的呼吸，這些力量緊擠向牠的喉嚨，擠向牠的眼睛。

神的獸，里古洛；神的獸，里古洛……

被力量撐開的口爆喊出聲：「**我，獸，ヌ……**」被力量推開的眼皮爆射出清光：「**我……**」

開口睜眼的瞬間，聲音和影像闃滅收斂，尋視黝暗的周遭，里古洛煞然清醒，記起自己曾經全身痠痛軟癱、支解碎裂，被火焚燒，水救了牠。

15 重生的祕密

好像前一刻還在痛楚不堪……

里古洛試著抬胯舉腿、伸腰直立，每處肌肉筋骨都靈活有力，先前的傷痛全消失了，腳掌伸張，爪趾銳利堅硬，肚子滿滿飽飽的氣勁，「我不一樣了？」

牠有點疑惑，不確定自己是那些地方變了，身體壯碩結實可是很輕，牙齒牢固齊整可是尖突，「我的嘴巴變小了嗎？」

再看身上毛皮，還是同樣紋飾，卻像浮貼的山石、雲朵；臉上也怪怪的，有什麼東西搔撓牠？

靜立在黑暗中，里古洛慢慢閉上眼，用耳朵鼻子去感知，用心去察覺。那隻威猛的瑞酷拉再度出現，被光包圍著，在雲海上跳舞。

「瑞酷拉是跟著我一起受苦受難嗎？在我的心裡跟著我？」里古洛仔細回想。

「瑞酷拉要我帶著重生的水，守護族群。」牠記得這些話。

「神的獸要回到山林去；里古洛，帶著重生之水，回去山林；獸要回到山林。」這是威猛的瑞酷拉清楚有力的聲音。

里古洛倏地睜眼，頭頂的毛髮被瑞酷拉摩撫，沒錯，是瑞酷拉盯著里古洛。兩隻獸體型毛皮一模一樣，只在臉頰上，里古洛兩個眼尾都垂下一顆黑點，比瑞酷拉的更大更明顯。

眼前的瑞酷拉這麼真實，里古洛感受到尊嚴霸氣的壓力，不自覺挺起胸骨迎抗這股氣勢。「來吧！」好像彼此心中的呼喊，牠們立起身，前肢互相抵住較勁。

爪掌用力不久，里古洛發現自己搭在山壁上，瑞酷拉已經沒入岩石，光和影像越來越遠越小終於不見，可是仍然有光亮，是里古洛身上的光。

里古洛放下前爪審視自己身上的光。

剛才那短暫的抵掌碰觸，有一種溫熱直透里古洛全身，留在牠腦子筋骨裡，這是珍貴的禮物，「我遇見瑞酷拉的靈魂，牠在聖石身體裡，牠的靈魂守護這些水。」

低頭尋找，腳下潮濕卻沒有積水，往山壁上看，瑞酷拉沒入的岩塊有一線水光，水絲從岩石縫間滲出。里古洛決定鑽入那隙縫。閉上眼，耳朵聽到空氣流動，鼻子聞出水的味道，牠再次回到火的狀態，探著水氣進入岩縫，果然在岩層下頭有個洞，被火燒成熱煙「嗤嗤」叫的水到這裡安靜了。

里古洛掉在水中，牠碰到一副骨架，毛皮完整披覆著，但是沒有肉，空的骨骸。

洞穴乍然亮出流晃漂浮的光，水上漂閃出威猛的獸，瑞酷拉在聖石上跳舞。流光飄閃，里古洛見到長壽老山羊，在禿頂山頭舉起前腳站立；熊鷹盤旋在枯白林木上頭，一隻百步蛇朝枯倒白木吐水，「那是我！」里古洛被這發現嚇到。隨即，流光閃現出蛇般彎曲伸長的水線，游在流光裡，游進發光的雲上，蛇般的曲轉旋扭，跳舞；水，跳舞，在雲上，一隻獸……

「瑞酷拉！」里古洛伏身禮敬。

顯然這裡才是重生之穴，這些水是重生之水，原來，「重生」是要讓生命不死，所以瑞酷拉脫去軀體，讓靈魂重生留在洞裡。

「這是天神的意思，要瑞酷拉爬到聖石，用靈魂守護重生之水；而我，要帶著重生之水回去山林。」里古洛有點明白了。

自己曾經粉碎形體，如今回復成一隻獸，「我也重生了嗎？」不確定的感覺浮在里古洛心頭，瑞酷拉威嚴的模樣、有力的聲音提醒里古洛：「我必須出去。」牠開始思索如何離開聖石。

飽飽滿滿的肚子忽然扯動一下，不久又感覺肚子裡有什麼在踢滾，讓牠明顯感受肚皮的鼓突，里古洛大驚，有生命在牠身體裡！

無法置信地看向肚子，里古洛瞬間懂了路固路固和瑞酷拉的話：「族群不能滅斷」、「守護族群」，新的族群生命在自己肚子裡，重生之水是要用做繁衍族群、山林。雖然沒遇過這種事，但神的獸必須回到山林，完成神給的任務。

「我記住了也會做到，請跟著我。」里古洛向瑞酷拉再伏身，並且喝下一大口水。

起身仰頭，閉上眼，牠讓自己緊貼著石壁，靜靜吸收石壁的水絲，把自己化成水，順著水滲入細縫，出了洞，隨處找路。智慧的水在聖石體內流成一道小徑，高高低低升降蜿蜒。

不知流過多少時間、多少路程，里古洛聞著石壁裡刺鼻腥臊的氣味，聽著細微雜亂的動靜，逐漸有密集的水滴流動聲，牠敏銳聞出空氣跑竄飄滲來的樹木味道，出口應該不遠了，會是在哪裡呢？

以為水流很快會離開洞穴山壁，會衝破岩石下墜成瀑布，里古洛準備好攀爬懸崖溪谷，但是過了很久，水聲變得厚沉結實，苔蘚魚腥味蓋過樹木香氣，水，竟然又流入一大灘水中。

想不到，聖石岩盤深處底下，藏著迂迴曲折的水道。

穿出土石後的里古洛再次跌入水中，牠迅速回復獸的軀體，抬起頭睜眼查看，發現自己游在煙氣瀰漫的溪谷，兩邊是高聳峭壁，里古洛深吸一口空氣，感受風流過皮毛。

水是溫熱的，冒著氣霧，正好遮掩了里古洛身形，牠爬上山壁，很快竄升，腰背腿胯強健有力，比進入聖石前更勝一倍。

金亮陽光提醒牠，聖石離此地很遠很久了。暗黑的聖石裡頭，同樣有光有熱，里古洛又一次記起和瑞酷拉抵掌時，傳遍全身的溫熱；聖石，原來懷藏著族群傳承的大祕密！

對岸絕壁上一棵樹吸引里古洛的目光，這和牠很久以前棲身的老檜太像了，單獨一棵，挺腰抬頭，樹冠罩覆山頂。

「我要去那裡。」絕頂高峰，人到不了的地方，重生的水會讓禿頂白木林再次換上蒼翠。

生命，要自己面對困境，找出辦法，必要時得做出改變。「我的族群會在那裡。」里古洛心中有聲音，肚子裡踢滾的節奏，明確回應著。

尾聲：住一個月亮，又住一個月亮

勇壯的青年杜布已經在山裡尋找多時了，他在找狗，黑土狗陶碰古。遇到地震差點被埋的那次，他的「欸，狗」失蹤了。

杜布一直認定，谷衣谷路既然祝福樹木，祝福杜布，祝福山羌，肯定也會祝福狗。

「我的狗沒事的，牠只是被困在哪裡了。」嘴巴沒說，杜布心裡卻很堅持。

杜布也想找一棵樹：夢裡出現的紅檜，單獨長在高山頂上，罩著一團大大的雲。莫名的直覺告訴他：樹上那團雲，就是飛過頭上的獸，就是谷衣谷路。

守護山林的精靈行蹤飄忽，不輕易讓人看見，卻在杜布做那個夢的前後日子裡出現兩次，「我是幸運的杜布。」他希望能當面謝謝谷衣谷路。

凡是走過的路，爬過的山，穿過的樹林，杜布一一跟土地、山石，跟樹木報告，他趴在地上、抱住樹木，說自己來找走失的狗，說完耳朵貼地貼山壁貼樹幹，仔細聽，始終沒有汪汪叫的回應。

他的目光不忘搜尋洞穴河谷，經常仰望山頭峰頂，漸漸的，他越來越晚回村子，喜歡逗留在黝暗漆黑的夜晚山林。

親友村人提醒他，已經是狩獵季節，一定要找安全的地方過夜，別被當作獵物捕殺。杜布笑哈哈：「放心啦，我不會跌進陷阱踩到捕獸鋏，也不會被吊在半空中，沒事沒事。」

留宿山中，月亮陪他度過一個夜晚又一個夜晚，就這樣住了一個月亮又一個一個月亮，直到圓月變成彎月眉月，杜布心滿意足回到村子，把他的發現告訴村人：「**塔力兀古**」來到「太陽的家」。

長老問杜布：「『**塔力兀古**』是什麼？」

「哈哈」，杜布眉開眼笑：「我看到星星獸**塔力兀**，是我的**陶碰古**變的，所以我把那隻星星獸取名叫『**塔力兀古**』。」

喔，星星獸有很多隻嗎？還可以給星星獸取名字呀？知道跟星星獸有關，村人都來圍著杜布聽故事。

「我的狗不見了，我在山裡找。」杜布搔搔頭。

有個夜晚，杜布坐在一個岩縫裡看月亮，彎彎銀鉤正好勾住樹梢，照亮很大一撮枝葉，風吹得枝葉晃啊動啊，怎麼看都像「欸，狗」跑的模樣。

杜布嘆口氣：「欸，狗，你怎麼不來找我？把主人丟著，不行的啦。」他自言自語，又笑：「沒事的，欸，狗，我只是想你，想看看你，沒事的啦。」

杜布吐一口氣，眨眨眼，居然聽見「汪汪」叫聲，定定神再聽，沒錯，是狗叫「汪汪」。他往聲音的方向看，哇，暗黑的樹葉裡一閃一閃有光，不多久，一隻亮亮點點的狗跑出來，在樹頂上朝杜布搖尾巴，嘴開合開合。

「跟我的陶碰古一樣大小，全身都是光點，像螢火蟲那麼輕飄飄。」

「那是真的，可是又不像真的……」杜布唬地抬頭，把大家嚇一跳。

「我激動地站起來，一頭撞上山壁，哎喲，那隻狗，喔，是星星獸，聽到我叫，很快跑來我面前轉了一圈又跳上樹，閃到月亮後頭。」杜布說完雙手一攤，像嘆氣又像呼喚：「哎，**塔力兀古**——」

「沒事的啦，山把回不了家的狗變成星星獸，很好啊，還來看你咧。」村人拍拍杜布，安慰他。

想到星星獸變成狗來看杜布，給他祝福，大家都被山的體貼感動了。

就算杜布以為狗變成星星獸，弄錯「誰變成誰」，那也是美麗的誤會，沒事的啦。

而且，就算很多人因此半夜不睡覺跑出門，仰頭看山看樹梢，想碰碰運氣尋找夜晚閃熠的光亮星點，說不定能遇見什麼，那也沒事的，誰不喜歡奇妙美麗的塔力兀呢。

現在的杜布更是充滿期待。收到谷衣谷路的祝福，也見過星星獸，還能有好運氣讓他遇見里古洛嗎？幸運的杜布，打算再往山裡去，住一個又一個月亮，他憧憬雲海上神獸跳舞的奇幻影像，「我要去……」

愛山也愛樹的杜布，想著聖石之上禁地裡的神木，祂們都是老老祖先，神獸就在祂們身旁……

阿拜老人說過，每一代都有幾個族人，也許是壯丁也許已經年老，發願要進入深山高嶺加入樹族。

「是的，我要去……」

山風吹遍全身，清涼舒爽，杜布聽見風摩娑他的頭髮說：「去吧，去尋找你想要的，祝福啊，沒事的啦。」

這是山神的祝福嗎？

迎著陽光，仰望高高山頭，杜布笑了。

是的，祝福杜布，祝福所有尋找夢想的生命。

不論是尋找或是遇見，在太陽的家，在沒事的村，

都能得到祝福，收穫滿滿的故事，那是很獨特的記憶。

少年文學64　PG2993

太陽的家

作　　者／林加春
責任編輯／孟人玉、吳霽恆
圖文排版／黃莉珊
封面設計／王嵩賀
出版策劃／秀威少年
製作發行／秀威資訊科技股份有限公司
114 台北市內湖區瑞光路76巷65號1樓
電話：+886-2-2796-3638
傳真：+886-2-2796-1377
服務信箱：service@showwe.com.tw
http://www.showwe.com.tw

郵政劃撥／19563868
戶名：秀威資訊科技股份有限公司
展售門市／國家書店【松江門市】
104 台北市中山區松江路209號1樓
電話：+886-2-2518-0207
傳真：+886-2-2518-0778

網路訂購／秀威網路書店：https://store.showwe.tw
國家網路書店：https://www.govbooks.com.tw
法律顧問／毛國樑　律師

總經銷／聯寶國際文化事業有限公司
221新北市汐止區康寧街169巷27號8樓
電話：+886-2-2695-4083
傳真：+886-2-2695-4087

出版日期／2023年11月　BOD一版　**定價**／280元
ISBN／978-626-97570-2-2

讀者回函卡

秀威少年
SHOWWE YOUNG

國家圖書館出版品預行編目

太陽的家 / 林加春著. -- 臺北市 : 秀威少年, 2023.11
面； 公分. -- (少年文學 ; 64)
BOD版
ISBN 978-626-97570-2-2(平裝)

863.59 112015660